(007) 444-4547

Anaconda
El regreso de Anaconda
y otros relatos

HORACIO QUIROGA

Anaconda
El regreso de Anaconda
y otros relatos

 E. SANTIAGO RUEDA EDITOR

Diseño de tapa: Jimena Alejandra Chague

I.S.B.N.: 950-564-080-3
Libro de edición argentina
Queda hecho el depósito que previene la Ley 11.723.

Horacio Quiroga y su obra

Cuentos de la Selva:
¿Visión ecologista o teoría del cuento?

Hacia 1918, mientras se desempeña como secretario del Consulado de Uruguay en la Argentina y vive un período de relativa paz, publica un conjunto de cuentos destinados a Egle y a Darío, sus hijos de siete y seis años, pero también a los hijos de todos. Y esto último es quizás la marca más fuerte de la textualidad de Quiroga: partir de lo cercano o elemental para llegar, por consecución lógica, a lo general o universal. De sus chicos a todos los chicos, de la erosión de selva misionera a todas las selvas, de estos cuentos casi fábulas a la teoría del cuento, desde los chicos a los grandes.

Polifacético como pocos, Horacio Quiroga nos propone leer sus *Cuentos de la selva* desde dos posturas, si no encontradas, al menos diferentes: por un lado, rescatar su particular visión de las relaciones entre los seres humanos y la naturaleza, y, por el otro, poner en práctica su no menos particular concepción acerca de la narrativa breve. Veamos cada una.

La naturaleza se presenta para Quiroga como un lugar en donde el ser humano inserta su trabajo vital de subsistencia. Por su parte, la naturaleza dócilmente se deja modificar para permitir esa relación afectiva que el arraigo conlleva y que, finalmente «vitaliza» a la misma naturaleza. Pero sólo eso. Nada justifica ir más allá.

Aunque bucólica, la visión de Quiroga no es utópica ni idealista puesto que no responsabiliza a la humanidad sino a los estados de los posibles daños que la naturaleza pudiera sufrir si la relación de equilibrio no se mantiene: *La vida y no sus riquezas es lo primero que debe facilitar un país si lo que pretende es poblar y no explotar. Ni allá ni en región boscosa alguna son las necesidades de la vida las que desmontan al rape a un país, sino la urgencia de la explotación*, dice explícitamente en un texto sobre Misiones. Pero también lo expone para los chicos en «La guerra de los yacarés» donde la vida del río es amenazada por el paso incesante de los barcos comerciales, o en «El paso de Yabebirí» en el cual las rayas defienden ¿ un hombre al que consideran su amigo. Lo interesante de estos cuentos es que la naturaleza no es víctima sino que reacciona (los yacarés declaran la guerra a la gente y ganan una batalla de la que deriva un acuerdo de convivencia, las rayas esperan la llegada del winchester del hombre para dejar de pelear con los tigres) con lo cual se plasma esa particular visión ecologista de Quiroga en la cual animales y seres humanos están igualados en tanto «huéspedes» de la naturaleza.

En varias oportunidades Horacio Quiroga teorizó sobre la narrativa pero es en el *Decálogo del perfecto cuentista* en donde su concepción del escritor y la escritura quedan totalmente explicitadas. Aunque los diez principios fueron editados con posterioridad, se podría decir que en *Cuentos de la Selva* —por su brevedad— es donde Quiroga mejor esgrime su calidad de «perfecto cuentista». Así, por ejemplo, nunca encontraremos en este conjunto de cuentos que se contravenga el quinto principio: «que las tres primera líneas tengan casi la misma importancia que las tres últimas» puesto que los chicos no entenderían una frase gratuita o de puro estilo. Tampoco adjetivará sin necesidad (séptimo principio) puesto que «inútiles serán cuantas colas adhieras a un sustantivo débil» y más aún si el destinatario es un chico que no conoce de «colas» adjetivas. Asimismo Quiroga «toma a sus personajes de la mano y los conduce firmemente hacia el final» (octavo principio) del mismo modo en que la tortuga gigante lleva al colono hasta Buenos Aires.

Finalmente y para sintetizar la compleja pero armoniosa máquina narrativa que Quiroga pone en funcionamiento al construirse como narrador de estos cuentos vale citar completo el décimo y último principio: «No pienses en los amigos al escribir ni en la impresión que hará tu historia. Cuenta como si el relato no tuviera interés más que para el pequeño ambiente de tus personajes, de los que pudiste haber sido uno. No de otro modo se obtiene la vida en un cuento».

Lic. Raquel Prestigiacomo

ANACONDA

Uno

Eran las diez de la noche y hacía un calor sofocante. El tiempo cargado pesaba sobre la selva, sin un soplo de viento. El cielo de carbón se entreabría de vez en cuando en sordos relámpagos de un extremo a otro del horizonte; pero el chubasco silbante del Sur estaba aún lejos. Por un sendero de vacas en pleno espartillo blanco avanzaba Lanceolada, con la lentitud genérica de las víboras. Era una hermosísima yarará de un metro cincuenta, con los negros ángulos de su flanco bien cortados en sierra, escama por escama. Avanzaba tanteando la seguridad del terreno con la lengua, que en los ofidios reemplaza perfectamente a los dedos.

Iba de caza. Al llegar a un cruce de senderos se detuvo, se arrolló prolijamente sobre sí misma, removióse aún un momento acomodándose y después de bajar la cabeza al nivel de sus anillos asentó la mandíbula inferior y esperó inmóvil.

Minuto tras minuto esperó cinco horas. Al cabo de este tiempo continuaba en igual inmovilidad. ¡Mala noche! Comenzaba a romper el día e iba a retirarse cuando cambió de idea. Sobre el cielo lívido del Este se recortaba una inmensa sombra.

—Quisiera pasar cerca de la casa —se dijo la yarará—. Hace días que siento ruido y es menester estar alerta...

Y marchó prudentemente hacia la sombra.

La casa a que hacía referencia Lanceolada era un viejo edificio de tablas rodeado de corredores y todo blanqueado. En torno se levantaban dos o tres galpones. Desde tiempo inmemorial el edificio había estado deshabitado. Ahora se sentían ruidos insólitos, golpes de fierros, relinchos de caballos, conjunto de cosas en que trascendía a la legua la presencia del Hombre. Mal asunto...

Pero era preciso asegurarse, y Lanceolada lo hizo mucho más pronto de lo que acaso hubiera querido.

Un inequívoco ruido de puerta abierta llegó a sus oídos. La víbora irguió la cabeza, y mientras notaba que una fría claridad en el horizonte anunciaba la aurora, vio una angosta sombra, alta y robusta que avanzaba hacia ella. Oyó también el ruido de las pisadas, el golpe seguro, pleno, enormemente distanciado que denunciaba también a la legua al enemigo.

—¡El Hombre! —murmuró Lanceolada.

Y rápida como el rayo se arrolló en guardia.

La sombra estuvo sobre ella. Un enorme pie cayó a su lado, y la yarará, con toda la violencia de un ataque al que jugaba la vida, lanzó la cabeza contra aquello y la recogió a la posición anterior.

El Hombre se detuvo: había creído sentir un golpe en las botas. Miró el yuyo a su rededor sin mover los pies de su lugar; pero nada vio en la oscuridad, apenas rota por el vago día naciente, y siguió adelante.

Pero Lanceolada vio que la casa comenzaba a vivir, esta vez real y efectivamente con la vida del Hombre. La yarará emprendió la retirada a su cubil, llevando consigo la seguridad de que aquel acto nocturno no era sino el prólogo del gran drama a desarrollarse en breve.

Dos

Al día siguiente la primera preocupación de Lanceolada fue el peligro que con la llegada del Hombre se cernía sobre la Familia entera. Hombre y Devastación son sinónimos desde tiempo inmemorial en el Pueblo entero de los Animales. Para las Víboras en particular, el desastre se personificaba en dos horrores: el machete escudriñando, revolviendo el vientre mismo de la selva, y el fuego aniquilando el bosque en seguida, y con él los recónditos cubiles. Tornábase, pues, urgente prevenir aquello. Lanceolada esperó la nueva noche para ponerse en campaña. Sin gran trabajo halló a dos compañeras que lanzaron la voz de alarma. Ella, por su parte, recorrió hasta las doce los lugares más indicados para un feliz encuentro, con suerte tal que a las dos de la mañana el Congreso se hallaba, si no en pleno, por lo menos con mayoría de especies para decidir qué se haría.

En la base de un murallón de piedra viva, de cinco metros de altura y en pleno bosque, desde luego, existía una caverna disimulada por los helechos que obstruían casi la entrada. Servía de guarida desde mucho tiempo atrás a Terrífica, una serpiente de cascabel, vieja entre las viejas, cuya cola contaba treinta y dos cascabeles. Su largo no pasaba de un metro cuarenta, pero en cambio su grueso alcanzaba al de una botella. Magnífico ejemplar, cruzada de rombos amarillos; vigorosa, tenaz, capaz de quedar siete horas en el mismo lugar frente al enemigo, pronta a enderezar los colmillos con canal interno, que son, como se sabe, si no los más grandes, los más admirablemente construidos de todas las serpientes venenosas.

Fue allí, en consecuencia, donde, ante la inminencia

del peligro y presidido por la víbora de cascabel, se reunió el Congreso de las Víboras. Estaban allí, fuera de Lanceolada y Terrífica, las demás yararás del país: la pequeña Coatiarita, benjamín de la Familia, con la línea rojiza de sus costados bien visible y su cabeza particularmente afilada. Estaba allí, negligentemente tendida, como si se tratara de todo menos de hacer admirar las curvas blancas y café de su lomo sobre largas bandas salmón, la esbelta Neuwied, dechado de belleza y que había guardado para sí el nombre del naturalista que determinó su especie. Estaba Cruzada —que en el Sur llaman víbora de la cruz—, potente y audaz, rival de Neuwied en punto a belleza de dibujo. Estaba Atroz, de nombre suficientemente fatídico; y por último Urutú Dorado, la yararacusú, disimulando discretamente en el fondo de la caverna sus 170 centímetros de terciopelo negro cruzado oblicuamente por bandas de oro.

Es de notar que las especies del formidable género Lachesis, o yararás, a que pertenecían todas las congresales menos Terrífica, sostienen una vieja rivalidad por la belleza del dibujo y el color. Pocos seres, en efecto, tan bien dotados como ellos.

Según las leyes de las víboras, ninguna especie poco abundante y sin dominio real en el país puede presidir las asambleas del Imperio. Por esto Urutú Dorado, magnífico animal de muerte, pero cuya especie es más bien rara, no pretendía este honor, cediéndolo de buen grado a la víbora de cascabel, más débil, pero que abunda milagrosamente.

El Congreso estaba, pues, en mayoría, y Terrífica abrió la sesión.

—¡Compañeras! —dijo—. Hemos sido todas enteradas por Lanceolada de la presencia nefasta del Hombre. Creo interpretar el anhelo de todas nosotras al tratar de salvar nuestro Imperio de la invasión enemiga. Sólo un medio cabe, pues la experiencia nos dice que el abandono del terreno no remedia nada. Este medio, ustedes lo saben bien, es la guerra al Hombre, sin tregua ni cuartel, desde esta noche misma, a la cual cada especie aportará sus virtudes. Me halaga en esta circunstancia olvidar mi especificación humana: no soy ahora una serpiente de cascabel; soy una yarará como ustedes. Las yararás, que tienen a la Muerte por negro pabellón. ¡Nosotras somos la Muerte, compañeras! Y entre tanto, que alguna de las presentes proponga un plan de campaña.

Nadie ignora, por lo menos en el Imperio de las Víboras, que todo lo que Terrífica tiene de largo en sus colmillos lo tiene de corto en su inteligencia. Ella lo sabe también, y aunque incapaz por lo tanto de idear plan alguno, posee, a fuer de vieja reina, el suficiente tacto para callarse.

Entonces Cruzada, desperezándose, dijo:

—Soy de la opinión de Terrífica, y considero que mientras no tengamos un plan nada podemos ni debemos hacer. Lo que lamento es la falta en este Congreso de nuestras primas sin veneno: las Culebras.

Se hizo un largo silencio. Evidentemente la proposición no halagaba a las víboras. Cruzada se sonrió de un modo vago y continuó:

—Lamento lo que pasa... Pero quisiera solamente recordar esto: si entre todas nosotras pretendiéramos vencer a una culebra, ¡no lo conseguiríamos! Nada más quiero decir.

—Si es por su resistencia al veneno —objetó perezosamente Urutú Dorado, desde el fondo del antro—, creo que yo sola me encargaría de desengañarlas...

—No se trata de veneno —replicó desdeñosamente Cruzada—. Yo también me bastaría...—agregó con una mirada de reojo a la yararacusú—. ¡Se trata de su fuerza, de su destreza, de su nerviosidad, como quiera llamársela! Cualidades de lucha que nadie pretenderá negar a nuestras primas. Insisto en que en una campaña como la que queremos emprender las serpientes nos serán de gran utilidad; más: ¡de imprescindible necesidad!

Pero la proposición desagradaba siempre.

—¿Por qué las culebras? —exclamó Atroz—. Son despreciables.

—Tienen ojos de pescado —agregó la presuntuosa Coatiarita.

—¡Me dan asco! —protestó desdeñosamente Lanceolada.

—Tal vez sea otra cosa lo que te dan... —murmuró Cruzada, mirándola de reojo.

—¿A mí? —silbó Lanceolada, irguiéndose—. ¡Te advierto que haces mala figura aquí defendiendo a esos gusanos corredores!

—Si te oyen las Cazadoras... —murmuró irónicamente Cruzada.

Pero al oír este nombre, *Cazadoras*, la asamblea entera se agitó.

—¡No hay para qué decir eso! —gritaron—. ¡Ellas son culebras y nada más!

—¡Ellas se llaman a sí mismas las Cazadoras! —replicó secamente Cruzada—. Y estamos en Congreso.

También desde tiempo inmemorial es fama entre las víboras la rivalidad particular de las dos yararás: Lanceolada, hija del extremo norte, y Cruzada, cuyo hábitat se extiende más al Sur. Cuestión de coquetería en punto a belleza, según las culebras.

—¡Vamos, vamos! —intervino Terrífica—. Que Cruzada explique para qué quiere la ayuda de las culebras, siendo así que no representan la Muerte, como nosotras.

—¡Para esto! —replicó Cruzada, ya en calma—. Es indispensable saber qué hace el Hombre en la casa, y para esto se precisa ir hasta allá, a la casa misma. Ahora bien: la empresa no es fácil, porque si el pabellón de nuestra especie es la Muerte, el pabellón del Hombre es también la Muerte, ¡y bastante más rápida que la nuestra! Las serpientes nos aventajan inmensamente en agilidad. Cualquiera de nosotras iría y vería. ¿Pero volvería? Nadie mejor para esto que la Ñacaniná. Estas exploraciones forman parte de sus hábitos diarios y podría, trepada al techo, ver, oír y regresar a informarnos antes de que sea de día.

La proposición era tan razonable que esta vez la asamblea entera asintió, aunque con un gesto de desagrado.

—¿Quién va a buscarla? —preguntaron varias voces.

Cruzada desprendió la cola de un tronco y se deslizó afuera.

—Voy yo —dijo—. En seguida vuelvo.

—¡Eso es! —le lanzó Lanceolada de atrás—. ¡Tú, que eres su protectora, la hallarás en seguida!

Cruzada tuvo aún tiempo de volver la cabeza hacia ella y le sacó la lengua, reto a largo plazo.

Tres

Cruzada halló a la Ñacaniná cuando ésta trepaba a un árbol.

—¡Eh, Ñacaniná! —llamó con un leve silbido.

La Ñacaniná oyó su nombre; pero se abstuvo, prudentemente, de contestar hasta nueva llamada.

—¡Ñacaniná! — repitió Cruzada, levantando medio tono su silbido.

—¿Quién me llama? —respondió la culebra.

—¡Soy yo, Cruzada...!

—¡Ah! La prima... ¿Qué quieres, prima adorada?

—No se trata de bromas, Ñacaniná... ¿Sabes lo que pasa en la Casa?

—Sí, que ha llegado el Hombre... ¿Qué más?

—¿Y sabes que estamos en Congreso?

—¡Ah, no; esto no lo sabía! —repuso la Ñacaniná, deslizándose cabeza abajo contra el árbol con tanta seguridad como si marchara sobre un plano horizontal—. Algo grave debe de pasar para eso... ¿Qué ocurre?

—Por el momento, nada; pero nos hemos reunido en Congreso precisamente para evitar que nos ocurra algo. En dos palabras: se sabe que hay varios hombres en la Casa, y que se van a quedar definitivamente. Es la Muerte para nosotras.

—Yo creía que ustedes eran la Muerte por sí mismas... ¡No se cansan de repetirlo! —murmuró irónicamente la culebra.

—¡Dejemos esto! Necesitamos de tu ayuda, Ñacaniná.

—¿Para qué? ¡Yo no tengo nada que ver aquí!

—¡Quién sabe! Para desgracia tuya, te pareces bastante a nosotras las Venenosas. Defendiendo nuestros intereses defiendes los tuyos.

—¡Comprendo! —repuso la Ñacaniná después de un momento, en el que valoró la suma de contingencias desfavorables para ella por aquella semejanza.

—Bueno; ¿contamos contigo?

—¿Qué debo hacer?

—Muy poco. Ir en seguida a la Casa y arreglarte allí de modo que veas y oigas lo que pasa.

—¡No es mucho, no! —repuso negligentemente Ñacaniná, restregando la cabeza contra el tronco.

—Pero es el caso —agregó— que allá arriba tengo la

cena segura... Una pava del monte a la que desde ante-
ayer se le ha puesto en el copete anidar allí...
—Tal vez allá encuentres algo que comer —la consoló
suavemente Cruzada.
Su prima la miró de reojo.
—Bueno, en marcha —reanudó la yarará—. Pasemos
primero por el Congreso.
—¡Ah, no! —protestó la Ñacaniná—. ¡Eso no! ¡Les
hago a ustedes el favor, y en paz! Iré al Congreso cuando
vuelva... si vuelvo. ¡Pero ver antes de tiempo la cáscara
rugosa de Terrífica, los ojos de matón de Lanceolada y la
cara estúpida de Coralina, eso no!
—¡No está Coralina.
—¡No importa! Con el resto tengo bastante.
—¡Bueno, bueno! —repuso Cruzada, que no quería
hacer hincapié—. Pero si no disminuyes un poco la marcha no te sigo.
En efecto, aun a todo correr, la yarará no podía acompañar el deslizar —casi lento para ella— de la Ñacaniná.
—Quédate, ya estás cerca de las otras —contestó la
culebra.
Y se lanzó a toda velocidad, dejando en un segundo
atrás a su prima venenosa.

Cuatro

Un cuarto de hora después la Cazadora llegaba a su
destino. Celaban todavía en la casa. Por las puertas, abiertas de par en par, salían chorros de luz, y ya desde lejos la
Ñacaniná pudo ver cuatro hombres sentados alrededor
de la mesa.
Para llegar con impunidad sólo faltaba evitar el pro-
blemático tropiezo con un perro. ¿Los habría? Mucho lo

temía Ñacaniná. Por esto deslizóse adelante con gran cautela, sobre todo cuando llegó ante el corredor.

Ya en él observó con atención. Ni enfrente, ni a la derecha, ni a la izquierda había perro alguno. Sólo allá, en el corredor opuesto, y que la culebra podía ver por entre las piernas de los hombres, un perro negro dormía echado de costado.

La plaza, pues, estaba libre. Como desde el lugar en que se encontraba podía oír, pero no ver el panorama entero de los hombres hablando, la culebra, tras una ojeada arriba, tuvo lo que deseaba en un momento. Trepó por una escalera recostada a la pared bajo el corredor y se instaló en el espacio libre entre pared y techo, tendida sobre el tirante. Pero por más precauciones que tomara al deslizarse, un viejo clavo cayó al suelo y un Hombre levantó los ojos.

—¡Se acabó! —se dijo Ñacaniná, conteniendo la respiración.

Otro Hombre miró también a arriba.

—¿Qué hay? —preguntó.

—Nada —repuso el primero—. Me pareció ver algo negro por allá.

—Una rata.

—Se equivocó el Hombre —murmuró para sí la culebra.

—O alguna ñacaniná.

—Acertó el otro Hombre —murmuró de nuevo la aludida, aprestándose a la lucha.

Pero los hombres bajaron de nuevo la vista y la Ñacaniná vio y oyó durante media hora.

Cinco

La casa motivo de preocupación de la selva habíase convertido en establecimiento científico de la más grande importancia. Conocida ya desde tiempo atrás la particular riqueza en víboras de aquel rincón del territorio, el gobierno de la nación había decidido la creación de un Instituto de Seroterapia Ofídica, donde se prepararían sueros contra el veneno de las víboras. La abundancia de éstas es un punto capital, pues nadie ignora que la carencia de víboras de qué extraer el veneno es el principal inconveniente para una vasta y segura preparación del suero.

El nuevo establecimiento podía comenzar casi en seguida, porque contaba con dos animales —un caballo y una mula— ya en vías de completa inmunización. Habíase logrado organizar el laboratorio y el serpentario. Este último prometía enriquecerse de un modo asombroso, por más que el instituto hubiera llevado consigo no pocas serpientes venenosas —las mismas que servían para inmunizar a los animales citados—. Pero si se tiene en cuenta que un caballo en su último grado de inmunización necesita *seis gramos de veneno* en cada inyección (cantidad suficiente para matar doscientos cincuenta caballos), se comprenderá que deba ser muy grande el número de víboras en disponibilidad que requiere un Instituto del género.

Los días, duros al principio de una instalación en la selva, mantenían al personal superior del Instituto en vela hasta medianoche, entre planes de laboratorio y demás.

—Y los caballos, ¿cómo están hoy? —preguntó uno de lentes negros y que parecía ser el jefe del Instituto.

—Muy caídos —repuso otro—. Si no podemos hacer una buena recolección en estos días...

La Ñacaniná, inmóvil sobre el tirante, ojos y oídos alerta, comenzaba a tranquilizarse.

—Me parece —se dijo— que las primas venenosas se han llevado un susto magnífico. De estos hombres no hay gran cosa que temer...

Y avanzando más la cabeza, a tal punto que su nariz pasaba ya de la línea del tirante, observó con más atención.

Pero un contratiempo evoca otro.

—Hemos tenido hoy un día malo —agregó alguno—. Cinco tubos de ensayo se han roto...

La Ñacaniná sentíase cada vez más inclinada a la compasión.

—¡Pobre gente! —murmuró—. Se les han roto cinco tubos...

Y se disponía a abandonar su escondite para explorar aquella inocente casa, cuando oyó:

—En cambio, las víboras están magníficas... Parece sentarles el país.

—¿Eh? —dio una sacudida la culebra, jugando velozmente con la lengua—. ¿Qué dice ese pelado de traje blanco?

Pero el hombre proseguía:

—Para ellas, sí, el lugar me parece ideal... Y las necesitamos urgentemente, los caballos y nosotros.

—Por suerte, vamos a hacer una famosa cacería de víboras en este país. No hay duda de que es el país de las víboras.

—¡Hum... hum... hum...! —murmuró Ñacaniná, arrollándose en el tirante cuanto le fue posible—. Las cosas comienzan a ser un poco distintas... Hay que quedar un poco más con esta buena gente... Se aprenden cosas curiosas.

Tantas cosas curiosas oyó que cuando al cabo de media hora quiso retirarse el exceso de sabiduría adquirida le hizo hacer un falso movimiento, y la tercera parte de su cuerpo cayó, golpeando la pared de tablas. Como había caído de cabeza, en un instante la tuvo enderezada hacia la mesa, la lengua vibrante.

La Ñacaniná, cuyo largo puede alcanzar a tres metros, es valiente, con seguridad la más valiente de nuestras serpientes. Resiste un ataque serio del hombre, que es inmensamente mayor que ella, y hace frente siempre. Como su propio coraje le hace creer que es muy temida, la nuestra se sorprendió un poco al ver que los hombres, enterados de que se trataba de una simple ñacaniná, se echaban a reír tranquilos.

—Es una ñacaniná... Mejor: así nos limpiará la casa de ratas.

—¿Ratas...? —silbó la otra. Y como continuaba provocativa, un hombre se levantó al fin.

—Por útil que sea, no deja de ser un mal bicho... Una de estas noches la voy a encontrar buscando ratones dentro de mi cama...

Y cogiendo un palo próximo, lo lanzó contra la Ñacaniná a todo vuelo. El palo pasó silbando junto a la cabeza de la intrusa y golpeó con terrible estruendo la pared.

Hay ataque y ataque. Fuera de la selva y entre cuatro hombres la Ñacaniná no se hallaba a gusto. Se retiró a escape, concentrando toda su energía en la cualidad que conjuntamente con el valor forman sus dos facultades primas: la velocidad para correr.

Perseguida por los ladridos del perro, y aun rastreada buen trecho por éste —lo que abrió nueva luz respecto a las gentes aquéllas—, la culebra llegó a la caverna. Pasó por encima de Lanceolada y Atroz y se arrolló a descansar, muerta de fatiga.

Seis

—¡Por fin! —exclamaron todas, rodeando a la exploradora—. Creíamos que te ibas a quedar con tus amigos los hombres...

—¡Hum...! —murmuró Ñacaniná.

—¿Qué nuevas nos traes? —preguntó Terrífica.

—¿Debemos esperar un ataque, o no tomar en cuenta a los hombres?

—Tal vez fuera mejor esto... Y pasar al otro lado del río —repuso.

—¿Qué...? ¿Cómo...? —saltaron todas—. ¿Estás loca?

—Oigan primero.

—¡Cuenta entonces!

Y Ñacaniná contó todo lo que había visto y oído; la instalación del Instituto Seroterápico, sus planes, sus fines y la decisión de los hombres de cazar cuanta víbora hubiera en el país.

—¡Cazarnos! —saltaron Urutú Dorado, Cruzada y Lanceolada, heridas en lo más vivo de su orgullo—. ¡Matarnos, querrás decir!

—¡No! ¡Cazarlas nada más! Encerrarlas, darles bien de comer y extraerles cada veinte días el veneno. ¿Quieren vida más dulce?

La asamblea quedó estupefacta. Ñacaniná había explicado muy bien el fin de esta recolección de veneno; pero lo que no había explicado eran los medios para llegar a obtener el suero.

—¡Un suero antivenenoso! Es decir, la curación asegurada, la inmunización de hombres y animales contra la mordedura: ¡la Familia entera condenada a perecer de hambre en plena selva natal!

—¡Exactamente! —apoyó Ñacaniná—. No se trata sino de esto.

Para la Ñacaniná el peligro previsto era mucho menor. ¿Qué le importaban a ella y sus hermanas las cazadoras —a ellas, que cazaban a diente limpio, a fuerza de músculos— que los animales estuvieran o no inmunizados? Un solo punto oscuro veía ella, y es el excesivo parecido de una culebra con una víbora, que favorecía confusiones mortales. De aquí el interés de la culebra en suprimir el Instituto.

—Yo me ofrezco a empezar la campaña —dijo Cruzada.

—¿Tienes un plan? —preguntó ansiosa Terrífica, siempre falta de ideas.

—Ninguno. Iré sencillamente mañana de tarde a tropezar con alguien.

—¡Ten cuidado! —le dijo Ñacaniná con voz persuasiva—. Hay varias jaulas vacías...

—¡Ah, me olvidaba! —exclamó Ñacaniná dirigiéndose a Cruzada—. Hace un rato, cuando salí de allí... Hay un perro negro muy peludo... Creo que sigue el rastro de una víbora... ¡Ten cuidado!

—¡Allá veremos! Pero pido que se llame a Congreso pleno para mañana de noche. Si yo no puedo asistir, tanto peor...

Mas la asamblea había caído en nueva sorpresa.

—¿Perro que sigue nuestro rastro...? ¿Estás segura?

—Casi. ¡Ojo con ese perro, porque puede hacernos más daño que todos los hombres juntos!

—Yo me encargo de él —exclamó Terrífica, contenta de, sin mayor esfuerzo mental, poder poner en juego sus glándulas de veneno, que a la menor contracción nerviosa se escurría por el canal de los colmillos.

Pero ya cada víbora se disponía a hacer correr la palabra en su distrito, y a Ñacaniná, gran trepadora, se le encomendó especialmente llevar la voz de alerta a los árboles, reino preferido de las culebras.

A las tres de la mañana la asamblea se disolvió. Las víboras, vueltas a la vida normal, se alejaron en distintas direcciones, desconocidas las unas para las otras, silenciosas, sombrías mientras en el fondo de la caverna la serpiente de cascabel quedaba arrollada e inmóvil, fijando sus duros ojos de vidrio en un ensueño de mil perros paralizados.

Siete

Era la una de la tarde. Por el campo de fuego, al resguardo de las matas de espartillo, se arrastraba Cruzada hacia la casa. No llevaba otra idea, ni creía necesaria tener otra, que matar al primer hombre que se pusiera a su encuentro. Llegó al corredor y se arrolló allí esperando. Pasó así media hora. El calor sofocante que reinaba desde tres días atrás comenzaba a pesar sobre los ojos de la yarará, cuando un temblor sordo avanzó desde la pieza. La puerta estaba abierta, y ante la víbora, a 30 centímetros de su cabeza, apareció el perro, el perro negro y peludo, con los ojos entornados de sueño.

—¡Maldita bestia...! —se dijo Cruzada—. Hubiera preferido un hombre...

En ese instante el perro se detuvo husmeando y volvió la cabeza... ¡Tarde ya! Ahogó un aullido de sorpresa y movió desesperadamente el hocico mordido.

—Ya tiene éste su asunto listo... —murmuró Cruzada, replegándose de nuevo.

Pero cuando el perro iba a lanzarse sobre la víbora sintió los pasos de su amo y se arqueó ladrando a la yarará. El hombre de los lentes negros apareció junto a Cruzada.

—¿Qué es? —preguntaron desde el otro corredor.

—Una *alternatus*... Buen ejemplar —respondió el hombre.

Y antes que hubiera podido defenderse la víbora se sintió estrangulada en una especie de prensa afirmada al extremo de un palo.

La yarará crujió de orgullo al verse así; lanzó su cuerpo a todos lados, trató en vano de recoger el cuerpo y arrollarlo en el palo. Imposible: le faltaba el punto de apoyo en la cola, el famoso punto de apoyo, sin el cual una poderosa boa se encuentra reducida a la más vergonzosa impotencia. El hombre la llevó así colgando y fue arrojada en el serpentario.

Constituíalo éste un simple espacio de tierra cercado con chapas de cinc liso, provisto de algunas jaulas y que albergaba a treinta o cuarenta víboras. Cruzada cayó en tierra y se mantuvo un momento arrollada y congestionada bajo el sol de fuego.

La instalación era evidentemente provisoria; grandes y chatos cajones alquitranados servían de bañadera a las víboras, y varias casillas y piedras amontonadas ofrecían reparo a los huéspedes de ese paraíso improvisado.

Un instante después la yarará se veía rodeada y pasada por encima por cinco o seis compañeras que iban a reconocer su especie.

Cruzada las conocía a todas; pero no así a una gran víbora que se bañaba en una jaula cerrada con tejido de alambre. ¿Quién era? Era absolutamente desconocida para la yarará. Curiosa a su vez, se acercó lentamente.

Se acercó tanto que la otra se irguió. Cruzada ahogó un silbido de estupor mientras caía en guardia, arrollada. La gran víbora acababa de hinchar el cuello, pero monstruosamente, como jamás había visto hacerlo a nadie. Quedaba realmente extraordinaria así.

—¿Quién eres? —murmuró Cruzada—. ¿Eres de las nuestras?

Es decir, venenosa. La otra, convencida de que no había habido intención de ataque en la aproximación de la yarará, aplastó sus dos grandes orejas.

—Sí —repuso—. Pero no de aquí... muy lejos... de la India.

—¿Cómo te llamas?

—Hamadrías... o Cobra capelo real.

—Yo soy Cruzada.

—Sí, no necesitas decirlo. He visto muchas hermanas tuyas ya... ¿Cuándo te cazaron?

—Hace un rato... No pude matar.

—Mejor hubiera sido para ti que te hubieran muerto...

—Pero maté al perro.

—¿Qué perro? ¿El de aquí?

—Sí.

La Cobra real se echó a reír, a tiempo que Cruzada tenía una nueva sacudida: el perro lanudo que creía haber matado estaba ladrando.

—¿Te sorprende, eh? —agregó Hamadrías—. A muchas les ha pasado lo mismo.

—Pero es que mordí en la cabeza... —contestó Cruzada, cada vez más aturdida—. ¡No me queda una gota de veneno! —concluyó, pues es patrimonio de las yararás vaciar casi en una mordida sus glándulas.

—Para él es lo mismo que te hayas vaciado o no...

—¿No puede morir?

—Sí, pero no por cuenta nuestra... Está inmunizado. Pero tú no sabes lo que es esto...

—¡Sé! —repuso vivamente Cruzada—. Ñacaniná nos contó...

La Cobra real la consideró entonces atentamente.

—Tú me pareces inteligente...

—¡Tanto como tú... por lo menos! —replicó Cruzada.

El cuello de la asiática se expandió bruscamente de nuevo, y de nuevo la yarará cayó en guardia.

Ambas víboras se miraron largo rato, y el capuchón de la cobra bajó lentamente.

—Inteligente y valiente —murmuró Hamadrías—. A ti se te puede hablar... ¿Conoces el nombre de mi especie?

—Hamadrías, supongo.

—O Naja búngaro... o Cobra capelo real. Nosotras somos respecto de la vulgar cobra capelo de la India lo que tú respecto de una de esas coatiaritas... ¿Y sabes de qué nos alimentamos?

—No.

—De víboras americanas... entre otras cosas —concluyó balanceando la cabeza ante Cruzada.

Ésta apreció rápidamente el tamaño de la extranjera ofiófaga.

—¿Dos metros cincuenta...? —preguntó.

—Sesenta... dos sesenta, pequeña Cruzada —repuso la otra, que había seguido sus ojos.

—Es un buen tamaño... Más o menos, el largo de Anaconda, una prima mía. ¿Sabes de qué se alimenta?

—Supongo...

—Sí, de víboras asiáticas...

Y miró a su vez a Hamadrías.

—¡Bien contestado! —repuso ésta, balanceándose de nuevo. Y después de refrescarse la cabeza en el agua agregó perezosamente:

—¿Prima tuya dijiste?

—Sí.

—¿Sin veneno, entonces?

—Así es... Y por esto justamente tiene gran debilidad por las extranjeras venenosas.

Pero la asiática no la escuchaba ya, absorta en sus pensamientos.

—¡Óyeme! —dijo de pronto—. ¡Estoy harta de hombres, perros, caballos y de todo este infierno de estupidez y crueldad! Tú me puedes entender, porque lo que es ésas... Llevo año y medio encerrada en una jaula como si fuera una rata, maltratada, torturada periódicamente. Y lo que es peor, despreciada, manejada como un trapo por viles hombres... ¡Y yo, que tengo valor, fuerza y veneno suficientes para concluir con todos ellos, estoy condenada a entregar mi veneno para la preparación de los sueros antivenenosos! ¡No te puedes dar cuenta de lo que esto supone para mi orgullo! ¿Me entiendes? —concluyó mirando en los ojos de la yarará.

—Sí —repuso la otra—. ¿Qué debo hacer?

—Una sola cosa; un solo medio tenemos de vengarnos hasta las heces... Acércate, que no nos oigan... Tú sabes la necesidad absoluta de un punto de apoyo para poder desplegar nuestra fuerza. Toda nuestra salvación depende de esto. Solamente...

—¿Qué?

La cobra real miró otra vez fijamente a Cruzada.

—Solamente que puedes morir...

—¿Sola?

—¡Oh, no! *Ellos,* algunos de los hombres, también morirán...

—¡Es lo único que deseo! Continúa.

—Pero acércate aún... ¡más cerca!

El diálogo continuó un rato en voz tan baja que el cuerpo de la yarará frotaba descamándose contra las mallas de alambre. De pronto la cobra se abalanzó y mordió por tres veces a Cruzada. Las víboras, que habían seguido de lejos el incidente, gritaron.

—¡Ya está! ¡Ya la mató! ¡Es una traicionera!

Cruzada, mordida por tres veces en el cuello, se arrastró pesadamente por el pasto. Muy pronto quedó inmóvil, y fue a ella a quien encontró el empleado del Instituto cuando tres horas después entró en el serpentario. El hombre vio a la yarará, y empujándola con el pie le hizo dar vuelta como una soga y miró su vientre blanco.

—Está muerta, bien muerta... —murmuró—. ¿Pero de qué? Y se agachó a observar a la víbora. No fue largo su examen: en el cuello y en la misma base de la cabeza notó huellas inequívocas de colmillos venenosos.

—¡Hum! —se dijo el hombre—. Ésta no puede ser más que la Hamadrías... Allí está, arrollada y mirándome como si yo fuera otra *alternatus*... Veinte veces le he dicho al director que las mallas del tejido son demasiado grandes. Ahí está la prueba... En fin   —concluyó cogiendo a Cruzada por la cola y lanzándola por encima de la barrera de cinc—, ¡un bicho menos que vigilar!

Fue a ver al director:

—La Hamadrías ha mordido a la yarará que introdujimos hace un rato. Vamos a extraerle muy poco veneno.

—Es un fastidio grande —repuso aquél—. Pero necesitamos para hoy el veneno. No nos queda más que un solo tubo de suero... ¿Murió la *alternatus* ?

—Sí, la tiré afuera... ¿Traigo a la Hamadrías?

—No hay más remedio... Pero para la segunda recolección, de aquí a dos o tres horas.

Ocho

...Se hallaba quebrantada, exhausta de fuerzas. Sentía la boca llena de tierra y sangre. ¿Dónde estaba? El velo denso de sus ojos comenzaba a desvanecerse, y Cruzada alcanzó a distinguir el contorno. Vio, reconoció el muro de cinc, y súbitamente recordó todo. El perro negro, el lazo, la inmensa serpiente asiática y el plan de batalla de ésta en que ella misma, Cruzada, iba jugando su vida. Recordaba todo, ahora que la parálisis provocada por el veneno comenzaba a abandonarla. Con el recuerdo tuvo conciencia plena de lo que debía hacer. ¿Sería tiempo todavía?

Intentó arrastrarse, mas en vano; su cuerpo ondulaba, pero en el mismo sitio, sin avanzar. Pasó un rato aún, y su inquietud crecía.

—¡Y no estoy sino a 30 metros! —murmuraba—. ¡Dos minutos, un solo minuto de vida, y llego a tiempo!

Y tras nuevo esfuerzo consiguió deslizarse, arrastrarse desesperada hacia el laboratorio.

Atravesó el patio, llegó a la puerta en el momento en que el empleado, con las dos manos, sostenía colgando en el aire a Hamadrías, mientras el hombre de los lentes negros le introducía el vidrio de reloj en la boca. La mano se dirigía a oprimir las glándulas, y Cruzada estaba aún en el umbral.

—¡No tendré tiempo! — se dijo desesperada.

Y rastreando en un supremo esfuerzo, tendió adelante los blanquísimos colmillos. El peón, al sentir su pie descalzo abrasado por los dientes de la yarará, lanzó un grito y bailó. No mucho, pero lo suficiente para que el cuerpo colgante de la cobra real oscilara y alcanzase a la pata de la mesa, donde se arrolló velozmente. Y con ese *punto*

de apoyo arrancó su cabeza de entre las manos del peón
y fue a clavar hasta la raíz los colmillos en la muñeca izquierda del hombre de lentes negros, justamente en una
vena.

¡Ya estaba! Con los primeros gritos, ambas, la cobra
asiática y la yarará, huían sin ser perseguidas.

—¡Un punto de apoyo! —murmuraba la cobra volando a escape por el campo—. Nada más que eso me faltaba. ¡Yo lo conseguí por fin!

—Sí —corría la yarará a su lado, muy dolorida aún—.
Pero no volvería a repetir el juego...

Allá, de la muñeca del hombre pendían dos negros hilos de sangre pegajosa. La inyección de una hamadrías
en una vena es cosa demasiado seria para que un mortal
pueda resistirla largo rato con los ojos abiertos, y los del
herido se cerraban para siempre a los cuatro minutos.

Nueve

El Congreso estaba en pleno. Fuera de Terrífica y
Ñacaniná y las yararás Urutú Dorado, Coatiarita,
Neuwied, Atroz y Lanceolada, habían acudido Coralina, de cabeza estúpida, según Ñacaniná, lo que no obsta
para que su mordedura sea de las más dolorosas. Además es hermosa, incontestablemente hermosa con sus
anillos rojos y negros.

Siendo, como es sabido, muy fuerte la vanidad de las
víboras en punto de belleza, Coralina se alegraba bastante de la ausencia de su hermana Frontal, cuyos triples
anillos negros y blancos sobre fondo de púrpura colocan
a esta víbora de coral en el más alto escalón de la belleza
ofídica.

Las Cazadoras estaban representadas esa noche por

Drimobia, cuyo destino es ser llamada yararacusú del monte, aunque su aspecto sea bien distinto. Asistían Cipó, de un hermoso verde y gran cazadora de pájaros; Radínea, pequeña y oscura, que no abandona jamás los charcos; Boipeva, cuya característica es achatarse completamente contra el suelo apenas se siente amenazada; Trigémina, culebra de coral, muy fina de cuerpo, como sus compañeras arborícolas; y por último, Esculapia, también de coral, cuya entrada, por razones que se verán en seguida, fue acogida con generales miradas de desconfianza.

Faltaban asimismo varias especies de las venenosas y las cazadoras, ausencia ésta que requiere una aclaración.

Al decir Congreso pleno hemos hecho referencia a la gran mayoría de las especies, y sobre todo de las que se podría llamar *reales* por su importancia. Desde el primer Congreso de las víboras se acordó que las especies numerosas, estando en mayoría, podían dar carácter de absoluta fuerza a sus decisiones. De aquí la plenitud del Congreso actual, bien que fuera lamentable la ausencia de la yarará Surucucú, a quien no había sido posible hallar por ninguna parte. Hecho tanto más de sentir que esta víbora, que puede alcanzar a tres metros, es, a la vez que reina en América, viceemperatriz del Imperio Mundial de las Víboras, pues sólo una la aventaja en tamaño y potencia de veneno: la hamadrías asiática.

Alguna faltaba, fuera de Cruzada; pero las víboras todas afectaban no darse cuenta de su ausencia.

A pesar de todo, se vieron forzadas a volverse al ver asomar por entre los helechos una cabeza de grandes ojos vivos.

—¿Se puede? —decía la visitante alegremente.

Como si una chispa eléctrica hubiera recorrido todos

los cuerpos, las víboras irguieron la cabeza al oír aquella voz.

—¿Qué quieres aquí? —gritó Lanceolada con profunda irritación.

—¡Éste no es tu lugar! —clamó Urutú Dorado, dando por primera vez señales de vivacidad.

—¡Fuera! ¡Fuera! —gritaron varias con intenso desasosiego.

Pero Terrífica, con silbido claro, aunque trémulo, logró hacerse oír.

—¡Compañeras! No olviden que estamos en Congreso, y todas conocemos sus leyes: nadie mientras dure puede ejercer acto alguno de violencia. ¡Entra, Anaconda!

—¡Bien dicho! —exclamó Ñacaniná con sorda ironía—. Las nobles palabras de nuestra reina nos aseguran. ¡Entra, Anaconda!

Y la cabeza viva y simpática de Anaconda avanzó, arrastrando tras de sí dos metros cincuenta de cuerpo oscuro y elástico. Pasó ante todas, cruzando una mirada de inteligencia con la Ñacaniná, y fue a arrollarse con leves silbidos de satisfacción junto a Terrífica, quien no pudo menos de estremecerse.

—¿Te incomodo? —le preguntó cortésmente Anaconda.

—¡No, de ninguna manera! —contestó Terrífica —. Son las glándulas de veneno que me incomodan, de hinchadas...

Anaconda y Ñacaniná tornaron a cruzar una mirada irónica, y prestaron atención.

La hostilidad bien evidente de la asamblea hacia la recién llegada tenía un cierto fundamento, que no se dejará de apreciar. La anaconda es la reina de todas las serpientes habidas y por haber sin exceptuar al pitón malayo. Su fuerza es extraordinaria, y no hay animal de carne y hueso capaz de resistir un abrazo suyo. Cuando comienza a dejar del follaje sus diez metros de cuerpo liso con grandes manchas de terciopelo negro, la selva entera se crispa y encoge. Pero la anaconda es demasiado fuerte para odiar a sea quien fuere, con una sola excepción, y esta conciencia de su valor le hace conservar siempre buena amistad con el hombre. Si a alguien detesta es, naturalmente, a las serpientes venenosas, y de aquí la conmoción de las víboras ante la cortés Anaconda.

Anaconda no es, sin embargo, hija de la región. Vagabundeando en las aguas espumosas del Paraná había llegado hasta allí con una gran creciente, y continuaba en la región, muy contenta del país, en buena relación con todos, y en particular con la Ñacaniná, con quien había trabado viva amistad. Era, por lo demás, aquel ejemplar una joven anaconda que distaba aún mucho de alcanzar a los diez metros de sus felices abuelos. Pero los dos metros cincuenta que medía ya valían por el doble, si se considera la fuerza de esta magnífica boa, que por divertirse al crepúsculo atraviesa el Amazonas entero con la mitad del cuerpo erguido fuera del agua.

Pero Atroz acababa de tomar la palabra ante la asamblea, ya distraída.

—Creo que podríamos comenzar ya —dijo—. Ante todo es menester saber algo de Cruzada. Prometió estar aquí en seguida.

—Lo que prometió —intervino la Ñacaniná— es estar aquí cuando pudiera. Debemos esperarla.

—¿Para qué? —replicó Lanceolada, sin dignarse volver la cabeza a la culebra.

—¿Cómo para qué? —exclamó ésta, irguiéndose—. ¡Se necesita toda la estupidez de una Lanceolada para decir esto...! ¡Estoy cansada ya de oír en este Congreso disparate tras disparate! ¡No parece sino que las Vene-

nosas representaran a la Familia entera! Nadie menos ésa
—señaló con la cola a Lanceolada— ignora que precisamente de las noticias que traiga Cruzada depende nuestro plan... ¿Que para qué esperarla...? ¡Estamos frescas si
las inteligencias capaces de preguntar esto dominan en
este Congreso!

—No insultes —le reprochó gravemente Coatiarita.

La Ñacaniná se volvió a ella:

—¿Y a ti quién te mete en esto?

—No insultes —repitió la pequeña, dignamente.

Nacaniná consideró al pundonoroso benjamín y cambió
de voz.

—Tiene razón la minúscula prima —concluyó tranquila. Lanceolada, te pido disculpa.

—¡No sé nada! —replicó con rabia la yarará.

—¡No importa!; pero vuelvo a pedirte disculpa.

Felizmente, Coralina, que acechaba a la entrada de la
caverna, entró silbando:

—¡Ahí viene Cruzada!

—¡Por fin! —exclamaron los congresales, alegres.

Pero su alegría transformóse en estupefacción cuando
detrás de la yarará vieron entrar a una inmensa víbora
totalmente desconocida de ellas.

Mientras Cruzada iba a tenderse al lado de Atroz, la
intrusa se arrolló lenta y paulatinamente en el centro de
la caverna y se mantuvo inmóvil.

—¡Terrífica! —dijo Cruzada—. Dale la bienvenida. Es
de las nuestras.

—¡Somos hermanas! —se apresuró la de cascabel, ob-
servándola inquieta.

Todas las víboras, muertas de curiosidad, se arrastra-
ban hacia la recién llegada.

—Parece una prima sin veneno —decía una, con un
tanto de desdén.

—Sí —agregó otra—. Tiene ojos redondos.

—Y cola larga.

—Y además...

Pero de pronto quedaron mudas porque la desconocida acababa de hinchar monstruosamente el cuello. No duró aquello más que un segundo; el capuchón se replegó, mientras la recién llegada se volvía a su amiga con la voz alterada.

—Cruzada, diles que no se acerquen tanto... No puedo dominarme.

—¡Sí, déjenla tranquila! —exclamó Cruzada—. Tanto más —agregó— cuanto que acaba de salvarme la vida, y tal vez la de todas nosotras.

No era menester más. El Congreso quedó un instante pendiente de la narración de Cruzada, que tuvo que contarlo todo: el encuentro con el perro, el lazo del hombre de lentes oscuros, el magnífico plan de Hamadrías, con la catástrofe final y el profundo sueño que acometió luego a la yarará hasta una hora antes de llegar.

—Resultado —concluyó—: dos hombres fuera de combate, y de los más peligrosos. Ahora no nos resta más que eliminar a los que quedan.

—¡O a los caballos! —dijo Hamadrías.

—¡O al perro! —agregó la Ñacaniná.

—Yo creo que a los caballos —insistió la cobra real—. Y me fundo en esto: mientras queden vivos los caballos, un solo hombre puede preparar miles de tubos de suero, con los cuales se inmunizarán contra nosotras. Raras veces —ustedes lo saben bien— se presenta la ocasión de morder en una vena... como ayer. Insisto, pues, en que debemos dirigir todo nuestro ataque contra los caballos. ¡Después veremos! En cuanto al perro —concluyó con una mirada de reojo a la Ñacaniná— me parece despreciable.

Era evidente que desde el primer momento la serpiente asiática y la Ñacaniná indígena habíanse disgustado mutuamente. Si la una, en su carácter de animal venenoso, representaba un tipo inferior para la Cazadora, esta última, a fuer de fuerte y ágil, provocaba el odio y los celos de Hamadrías. De modo que la vieja y tenaz rivalidad entre serpientes venenosas y no venenosas llevaba miras de exasperarse aún más en aquel último Congreso.

—Por mi parte —contestó Ñacaniná— creo que caballos y hombres son secundarios en esta lucha. Por gran facilidad que podamos tener para eliminar a unos y otros, no es nada esta facilidad comparada con la que puede tener el perro el primer día que se les ocurra dar una batida en forma, y la darán, estén bien seguras, antes de veinticuatro horas. Un perro inmunizado contra cualquier mordedura, aun la de esta señora con sombrero en el cuello —agregó señalando de costado a la cobra real—, es el enemigo más temible que podamos tener, y sobre todo si se recuerda que ese enemigo ha sido adiestrado en seguir nuestro rastro. ¿Qué opinas, Cruzada?

No se ignoraba tampoco en el Congreso la amistad singular que unía a la víbora y la culebra; posiblemente, más que amistad era aquello una estimación recíproca de su mutua inteligencia.

—Yo opino como Ñacaniná —repuso—. Si el perro se pone a trabajar estamos perdidas.

—¡Pero adelantémonos! —replicó Hamadrías.

—¡No podríamos adelantarnos tanto...! Me inclino decididamente por la prima.

—Estaba segura — dijo ésta tranquilamente.

Era esto más de lo que podía oír la cobra real sin que la ira subiera a inundarle los colmillos de veneno.

—No sé hasta qué punto puede tener valor la opinión de esta señorita conversadora —dijo devolviendo a la

Ñacaniná su mirada de reojo—. El peligro real en esta circunstancia es para nosotras las Venenosas, que tenemos por negro pabellón a la Muerte. Las Culebras saben bien que el hombre no las teme, porque son completamente incapaces de hacerse temer.

—¡He aquí una cosa bien dicha! —dijo una voz que no había sonado aún.

Hamadrías se volvió vivamente, porque en el tono tranquilo de la voz había creído notar una vaguísima ironía, y vio dos grandes ojos brillantes que la miraban apaciblemente.

—¿A mí me hablas? —preguntó con desdén.

—Sí, a ti —repuso mansamente la interruptora.

—Lo que has dicho está empapado en profunda verdad.

La cobra real volvió a sentir la ironía anterior, y como por un presentimiento midió a la ligera con la vista el cuerpo de su interlocutora, arrollada en la sombra.

—¡Tú eres Anaconda!

—¡Tú lo has dicho! —repuso aquélla inclinándose.

Pero la Ñacaniná quería de una vez por todas aclarar las cosas.

—¡Un instante! —exclamó.

—¡No! —interrumpió Anaconda—. Permíteme, Ñacaniná. Cuando un ser es bien formado, ágil, fuerte y veloz, se apodera de su enemigo con la energía de nervios y músculos que constituye su honor, como lo es de todos los luchadores de la Creación. Así cazan el gavilán, el gato onza, el tigre, nosotras, todos los seres de noble estructura. Pero cuando se es torpe, pesado, poco inteligente, y se es incapaz por lo tanto de luchar francamente por la vida, entonces se tiene un par de colmillos para asesinar a traición, ¡como esa dama importada que nos quiere deslumbrar con su gran sombrero!

En efecto, la cobra real, fuera de sí, había dilatado el monstruoso cuello para lanzarse sobre la insolente. Pero también el Congreso entero se había erguido amenazador al ver esto.

—¡Cuidado! —gritaron varias a un tiempo—. ¡El Congreso es inviolable!

—¡Abajo el capuchón! —alzóse Atroz, con los ojos hechos ascua.

Hamadrías se volvió a ella con un silbido de rabia.

—¡Abajo el capuchón! —se adelantaron Urutú Dorado y Lanceolada.

Hamadrías tuvo un instante de loca rebelión, pensando en la facilidad con que hubiera destrozado una por una a cada una de sus contrincantes. Pero ante la actitud de combate del Congreso entero, bajó el capuchón lentamente.

—¡Está bien! —silbó—. Respeto al Congreso. Pero pido que cuando se concluya... ¡no me provoquen!

—Nadie te provocará —dijo Anaconda.

La cobra se volvió a ella con reconcentrado odio:

—¡Y tú menos que nadie, porque me tienes miedo!

—¡Miedo yo! —contestó Anaconda avanzando.

—¡Paz, paz! —clamaron todas de nuevo—. ¡Estamos dando un pésimo ejemplo! ¡Decidamos de una vez lo que debemos hacer!

—Sí, ya es tiempo de esto —dijo Terrífica—. Tenemos dos planes a seguir: el propuesto por Ñacaniná y el de nuestra aliada. ¿Comenzamos el ataque por el perro, o bien lanzamos todas nuestras fuerzas contra los caballos?

Ahora bien: aunque la mayoría se inclinaba acaso a adoptar el plan de la culebra, el aspecto, tamaño e inteligencia demostrada por la serpiente asiática había impresionado favorablemente al Congreso en su favor. Estaba aún viva su magnífica combinación contra el

personal del Instituto; y fuera lo que pudiere ser su
nuevo plan es lo cierto que se le debía ya la elimina-
ción de dos hombres. Agréguese que, salvo la Ñacaniná
y Cruzada, que habían entrado ya en campaña, ninguna se daba cuenta precisa del terrible enemigo que
había en un perro inmunizado y rastreador de víboras. Se comprenderá así que el plan de la cobra real
triunfara al fin.

Aunque era ya muy tarde, era también cuestión de
vida o muerte llevar el ataque en seguida, y se decidió
partir sobre la marcha.

—¡Adelante, pues! —concluyó la de cascabel—. ¿Nadie tiene nada más que decir?

—¡Nada! —gritó la Ñacaniná—, sino que nos arre-
pentiremos.

Y las víboras y culebras, inmensamente aumentadas
por los individuos de las especies cuyos representantes
salían de la caverna, lanzáronse hacia el Instituto.

—¡Una palabra! —advirtió aún Terrífica—. ¡Mientras
dure la campaña estamos en Congreso y somos inviolables
las unas para las otras! ¿Entendido?

—¡Sí, sí; basta de palabras! —silbaron todas.

La cobra real, a cuyo lado pasaba Anaconda, le dijo
mirándola sombríamente:

—Después...

—¡Ya lo creo! —la cortó alegremente Anaconda, lan-
zándose como una flecha a la vanguardia.

Diez

El personal del Instituto velaba al pie de la cama del
peón mordido por la yarará. Pronto debía amanecer. Un
empleado se asomó a la ventana, por donde entraba la

noche caliente, y creyó oír ruido en uno de los galpones.
Prestó oído un rato y dijo:
—Me parece que es en la caballeriza... Vaya a ver, Fragoso.

El aludido encendió el farol de viento y salió, en tanto que los demás quedaban atentos con el oído alerta.

No había transcurrido medio minuto cuando sentían pasos precipitados en el patio y Fragoso aparecía, pálido de sorpresa.

—¡La caballeriza está llena de víboras! —dijo.

—¿Llena? —preguntó el nuevo jefe—. ¿Qué es eso? ¿Qué pasa?

—No sé...

—Vayamos.

Y se lanzaron afuera.

—¡Daboy! ¡Daboy! —llamó el jefe al perro, que gemía soñando bajo la cama del enfermo. Y corriendo todos entraron en la caballeriza.

Allí, a la luz del farol de viento, pudieron ver al caballo y a la mula debatiéndose a patadas contra sesenta u ochenta víboras que inundaban la caballeriza. Los animales relinchaban y hacían volar a coces los pesebres; pero las víboras, como si las dirigiera una inteligencia superior, esquivaban los golpes y mordían con furia.

Los hombres, con el impulso de la llegada, habían caído entre ellas. Ante el brusco golpe de luz las invasoras se detuvieron un instante, para lanzarse en seguida, silbando, a un nuevo asalto, que dada la confusión de caballos y hombres no se sabía contra quién iba dirigido.

El personal del Instituto se vio así rodeado por todas partes de víboras. Fragoso sintió un golpe de colmillos en el borde de las botas, a medio centímetro de su rodilla, y descargó su vara —vara dura y flexible que nunca falta en una casa de bosque— sobre la atacante. El nuevo director partió en dos a otra, y el otro empleado tuvo tiempo de aplastar la cabeza, sobre el cuello mismo del perro, a una gran víbora que acababa de arrollarse con pasmosa velocidad al pescuezo del animal.

Esto pasó en menos de diez segundos. Las varas caían con furioso vigor sobre las víboras que avanzaban siempre, mordían las botas, pretendían trepar por las piernas. Y en medio del relinchar de los caballos, los gritos de los hombres, los ladridos del perro y el silbido de las víboras, el asalto ejercía cada vez más presión sobre los defensores, cuando Fragoso, al precipitarse sobre una inmensa víbora que creyera reconocer, pisó sobre un cuerpo a toda velocidad y cayó, mientras el farol, roto en mil pedazos, se apagaba.

—¡Atrás! —gritó el nuevo director—. ¡Daboy, aquí!

Y saltaron atrás, al patio, seguidos por el perro, que, felizmente, había podido desenredarse de entre la madeja de víboras.

Pálidos y jadeantes se miraron.

—Parece cosa del diablo... —murmuró el jefe.

—Jamás he visto cosa igual... ¿Qué tienen las víboras de este país? Ayer, aquella doble mordedura, como matemáticamente combinada... Hoy... Por suerte, ignoran que nos han salvado a los caballos con sus mordeduras... Pronto amanecerá y entonces será otra cosa.

—Me pareció que allí andaba la cobra real —dejó caer Fragoso, mientras se ligaba los músculos doloridos de la muñeca.

—Sí —agregó el otro empleado—. Yo la vi bien. ¿Y Daboy, no tiene nada?

—No; muy mordido... Felizmente puede resistir cuanto quieran.

Volvieron los hombres otra vez al enfermo, cuya respiración era mejor. Estaba ahora inundado en copiosa transpiración.

—Comienza a aclarar —dijo el nuevo director asomándose a la ventana—. Usted, Antonio, podrá quedarse aquí. Fragoso y yo vamos a salir.

—¿Llevamos los lazos? —preguntó Fragoso.

—¡Oh, no! —repuso el jefe, sacudiendo la cabeza—. Con otras víboras las hubiéramos cazado a todas en un segundo. Éstas son demasiado singulares... Las varas y, a todo evento, el machete.

Once

No singulares, sino víboras que ante un inmenso peligro sumaban la inteligencia reunida de las especies, era el enemigo que había asaltado el Instituto Seroterápico.

La súbita oscuridad que siguiera al farol roto había advertido a los combatientes el peligro de mayor luz y mayor resistencia. Además, comenzaban a sentir ya en la humedad de la atmósfera la inminencia del día.

—Si nos quedamos un momento más —exclamó Cruzada— nos cortan la retirada. ¡Atrás!

—¡Atrás, atrás! —gritaron todas.

Y atropellándose, pasando unas sobre las otras, se lanzaron al campo. Marchaban en tropel, espantadas, derrotadas, viendo con consternación que el día comenzaba a romper a lo lejos.

Llevaban ya veinte minutos de fuga cuando un ladrido claro y agudo, pero distante aún, detuvo a la columna jadeante.

—¡Un instante! —gritó Urutú Dorado—. Veamos cuántas somos y qué debemos hacer.

A la luz aún incierta de la madrugada examinaron sus fuerzas. Entre las patas de los caballos habían quedado dieciocho serpientes muertas, entre ellas las dos culebras

de coral. Atroz había sido partida en dos por Fragoso y
Drimobia yacía allá con el cráneo roto mientras estran-
gulaba al perro. Faltaban además Coatiarita, Radínea y
Boipeva. En total, veintitrés combatientes aniquiladas.
Pero las restantes, sin excepción de una sola, estaban todas magulladas, pisadas, pateadas, llenas de polvo y sangre entre las escamas rotas.

—He aquí el éxito de nuestra campaña —dijo amar-
gamente Ñacaniná, deteniéndose un instante a restregar
contra una piedra su cabeza—. ¡Te felicito, Hamadrías!

Pero para sí sola se guardaba lo que había oído tras la
puerta cerrada de la caballeriza —pues había salido la
última—: ¡en vez de matar habían salvado la vida a los
caballos, que se extenuaban precisamente por falta de
veneno!

Sabido es que para un caballo que se está inmunizando
el veneno le es tan indispensable para su vida diaria como
el agua misma, y mueren si les llega a faltar.

Un segundo ladrido de perro sobre el rastro sonó tras
ellas.

—¡Estamos en inminente peligro! —gritó Terrífica—.
¿Qué hacemos?

—¡A la gruta! —clamaron todas, deslizándose a toda
velocidad.

—¡Pero están locas! —gritó la Ñacaniná, mientras corría—. ¡Las van a aplastar a todas! ¡Van a la muerte! Ói-
ganme: ¡desbandémonos!

Las fugitivas se detuvieron, irresolutas. A pesar de su
pánico, algo les decía que el desbande era la única medi-
da salvadora, y miraron alocadas a todas partes. Una sola
voz de apoyo, una sola y se decidían.

Pero la cobra real, humillada, vencida en su segundo
esfuerzo de dominación, repleta de odio para un país que
en adelante debía serle eminentemente hostil, prefirió

hundirse del todo, arrastrando con ella a las demás especies.

—¡Está loca Ñacaniná! —exclamó—. Separándonos nos matarán una a una sin que podamos defendernos... Allá es distinto. ¡A la caverna!

—¡Sí, a la caverna! —respondió la columna, despavorida, huyendo—. ¡A la caverna!

La Ñacaniná vio aquello y comprendió que iban a la muerte. ¡Pero viles, derrotadas, locas de pánico, las víboras iban a sacrificarse, a pesar de todo! Y con una altiva sacudida de lengua, ella, que podía ponerse impunemente a salvo por su velocidad, se dirigió con las otras directamente a la Muerte.

Sintió así un cuerpo a su lado, y se alegró al reconocer a Anaconda.

—¡Ya ves —le dijo con una sonrisa— a lo que nos ha traído la asiática!

—Sí, es un mal bicho... —murmuró Anaconda, mientras corrían una junta a otra.

—¡Y ahora las lleva a hacerse masacrar todas juntas...!

—Ella, por lo menos —advirtió Anaconda con voz sombría—, no va a tener ese gusto...

Y ambas, con un esfuerzo de velocidad, alcanzaron a la columna.

Ya habían llegado.

—¡Un momento! —se adelantó Anaconda, cuyos ojos brillaban—. Ustedes lo ignoran, pero yo lo sé con certeza, que dentro de diez minutos no va a quedar una de nosotras. El Congreso y sus leyes están, pues, ya concluidos. ¿No es así, Terrífica?

Se hizo un largo silencio.

—Sí —murmuró abrumada Terrífica—. Está concluido...

—Entonces —prosiguió Anaconda volviendo la cabe-

za a todos lados—, antes de morir quisiera... ¡Ah, mejor
así! —concluyó satisfecha al ver a la cobra real que avanzaba lentamente hacia ella.

No era aquél probablemente el momento ideal para
un combate. Pero desde que el mundo es mundo, nada,
ni la presencia del Hombre sobre ellas, podrá evitar que
una venenosa y una cazadora solucionen sus asuntos
particulares.

El primer choque fue favorable a la cobra real: sus colmillos se hundieron hasta la encía en el cuello de Anaconda.
Ésta, con la maravillosa maniobra de las boas de devolver
en ataque una cogida casi mortal, lanzó su cuerpo adelante
como un látigo y envolvió a la Hamadrías, que en un instante se sintió ahogada. La boa, concentrando toda su vida
en aquel abrazo, cerraba progresivamente sus anillos de ace-
ro; pero la cobra real no soltaba presa. Hubo aún un instante en que Anaconda sintió crujir su cabeza entre los dientes
de la Hamadrías. Pero logró hacer un supremo esfuerzo, y
este postrer relámpago de voluntad decidió la balanza a su
favor. La boca de la cobra, semiasfixiada, se desprendió
babeando, mientras la cabeza libre de Anaconda hacía presa en el cuerno de la Hamadrías.

Poco a poco, segura del terrible abrazo con que
inmovilizaba a su rival, su boca fue subiendo a lo largo
del cuello, con cortas y bruscas dentelladas, en tanto que
la cobra sacudía desesperada la cabeza. Los noventa y
seis agudos dientes de Anaconda subían siempre: llegaron al capuchón, treparon, alcanzaron la garganta, su-
bieron aún, hasta que se clavaron por fin en la cabeza de
su enemiga, con un sordo y larguísimo crujido de huesos
masticados.

Ya estaba concluido. La boa abrió sus anillos y el ma-
cizo cuerno de la cobra real se escurrió pesadamente a
tierra, muerta.

—Por lo menos estoy contenta... —murmuró Anaconda, cayendo a su vez exánime sobre el cuerpo de la asiática.

Fue en ese instante cuando las víboras oyeron a menos de 100 metros el ladrido agudo del perro.

Y ellas, que diez minutos antes atropellaban aterradas la entrada de la caverna, sintieron subir a sus ojos la llamarada salvaje de la lucha a muerte por la selva entera.

—¡Entremos! —gritaron, sin embargo, algunas.

—¡No, aquí! ¡Muramos aquí! —ahogaron todas con sus silbidos.

Y contra el murallón de piedra que les cortaba toda retirada, el cuello y la cabeza erguidos sobre el cuerpo arrollado, los ojos hechos ascua, esperaron.

No fue larga su espera. En el día, aún lívido, y contra el fondo negro del monte, vieron surgir ante ellas las dos altas siluetas del nuevo director y de Fragoso, reteniendo en traílla al perro, que, loco de rabia, se abalanzaba adelante.

—¡Se acabó! ¡Y esta vez definitivamente! —murmuró Ñacaniná, despidiéndose con esas seis palabras de una vida bastante feliz, cuyo sacrificio acababa de decidir.

Y con violento empuje se lanzó al encuentro del perro, que suelto y con la boca blanca de espuma llegaba sobre ellas. El animal esquivó el golpe y cayó furioso sobre Terrífica, que hundió los colmillos en el hocico del perro. Daboy agitó furiosamente la cabeza, sacudiendo en el aire a la de cascabel; pero ésta no soltaba.

Neuwied aprovechó el instante para hundir los colmillos en el vientre del animal; mas también en ese momento llegaban sobre ellas los hombres. En un segundo Terrífica y Neuwied cayeron muertas, con los riñones quebrados.

Urutú Dorado fue partido en dos, y lo mismo Cipó.

Lanceolada logró hacer presa en la lengua del perro; pero dos segundos después caía en tres pedazos por el doble golpe de vara, al lado de Esculapia.

El combate, o más bien exterminio, continuaba furioso, entre silbidos y roncos ladridos de Daboy, que estaba en todas partes. Cayeron una tras otra, sin perdón —que tampoco pedían—, con el cráneo triturado entre las mandíbulas del perro o aplastadas por los hombres. Fueron quedando masacradas frente a la caverna de su último Congreso. Y de las últimas cayeron Cruzada y Ñacaniná.

No quedaba una ya. Los hombres se sentaron, mirando aquella total masacre de las especies, triunfantes un día. Daboy, jadeando a sus pies, acusaba algunos síntomas de envenenamiento, a pesar de estar poderosamente inmunizado. Había sido mordido sesenta y cuatro veces.

Cuando los hombres se levantaban para irse se fijaron por primera vez en Anaconda, que comenzaba a revivir.

—¿Qué hace esta boa por aquí? —dijo el nuevo director—. No es éste su país... A lo que parece, ha trabado relación con la cobra real... y nos ha vengado a su manera. Si logramos salvarla haremos una gran cosa, porque parece terriblemente envenenada. Llevémosla. Acaso un día nos salve a nosotros de toda esta chusma venenosa.

Y se fueron, llevando de un palo, que cargaban entre los dos hombres, a Anaconda, que, herida y exhausta de fuerzas, iba pensando en Ñacaniná, cuyo destino, con un poco menos de altivez, podía haber sido semejante al suyo.

Anaconda no murió. Vivió un año con los hombres, curioseando y observándolo todo, hasta que una noche se fue. Pero la historia de este viaje remontando por largos meses el Paraná hasta más allá del Guayra, más allá todavía del golfo letal donde el Paraná toma el nombre

de río Muerto; la vida extraña que llevó Anaconda y el
segundo viaje que emprendió con sus hermanos sobre
las aguas sucias de una gran inundación, toda esta historia de rebelión y asalto de camalotes pertenece a otro relato.

EL REGRESO
DE ANACONDA

Cuando Anaconda, en complicidad con los elementos nativos del trópico, meditó y planeó la reconquista del río, acababa de cumplir treinta años. Era entonces una joven serpiente de diez metros, en la plenitud de su vigor. No había en su vasto campo de caza, tigre o ciervo capaz de sobrellevar con aliento un abrazo suyo. Bajo la contracción de sus músculos toda vida se escurría, adelgazada hasta la muerte. Ante el balanceo de las pajas que delataban el paso de la gran boa con hambre, el juncal, todo alrededor, empenachábase de altas orejas aterradas. Y cuando al caer el crepúsculo en las horas mansas, Anaconda bañaba en el río de fuego sus diez metros de oscuro terciopelo, el silencio circundábala como un halo.

Pero no siempre la presencia de Anaconda desalojaba ante sí la vida, como un gas mortífero. Su expresión y movimientos de paz, insensibles para el hombre, denunciábanla desde lejos a los animales. De este modo:

—Buen día —decía Anaconda a los yacarés, a su paso por los fangales.

—Buen día —respondían mansamente las bestias al sol, rompiendo dificultosamente con sus párpados globosos el barro que los soldaba.

—¡Hoy hará mucho calor! —saludábanla los monos trepados, al reconocer en la flexión de los arbustos a la gran serpiente en desliz.

—Sí, mucho calor... —respondía Anaconda, arrastrando consigo la cháchara y las cabezas torcidas de los monos, tranquilos sólo a medias.

Porque mono y serpiente, pájaro y culebra, ratón y víbora, son conjunciones fatales que apenas el pavor de los grandes huracanes y la extenuación de las interminables sequías logran retardar. Sólo la adaptación común a un mismo medio, vivido y propagado desde el remoto inmemorial de la especie, puede sobreponerse en los grandes cataclismos de esta fatalidad del hambre. Así, ante una gran sequía, las angustias del flamenco, de las tortugas, de las ratas y de las anacondas, formarán un solo desolado lamento por una gota de agua.

Cuando encontramos a nuestra Anaconda, la selva hallábase próxima a precipitar en su miseria esta sombría fraternidad.

Desde dos meses atrás no tronaba la lluvia sobre las polvorientas hojas. El rocío mismo, vida y consuelo de la flora abrasada, había desaparecido. Noche a noche, de un crepúsculo a otro, el país continuaba desecándose como si todo él fuera un horno. De lo que había sido cauce de umbríos arroyos sólo quedaban piedras lisas y quemantes; y los esteros densísimos de agua negra y camalotes, hallábanse convertidos en páramos de arcilla surcada de rastros durísimos como estopa, y que era cuanto quedaba de la gran flora acuática. A toda la vera del bosque, los cactus, enhiestos como candelabros, aparecían ahora doblados a tierra, con sus brazos caídos hacia la extrema sequedad del suelo, tan duro que resonaba al menor choque.

Los días, unos tras otros, deslizábanse ahumados por la bruma de las lejanas quemazones, bajo el fuego de un cielo blanco hasta enceguecer, y a través del cual se movía un sol amarillo y sin rayos, que al llegar la tarde co-

menzaba a caer envuelto en vapores como una enorme
brasa asfixiada.

Por las particularidades de su vida vagabunda, Anaconda, de haberlo querido, no hubiera sentido mayor-
mente los efectos de la sequía. Más allá de la laguna y sus
bañados enjutos, hacia el sol naciente, estaba el gran río
natal, el Paranahyba refrescante, que podía alcanzar en
media jornada.

Pero ya no iba la boa a su río. Antes, hasta donde alcanzaba la memoria de sus antepasados, el río había sido
suyo. Aguas, cachoeras, lobos, tormentas y soledad, todo
le pertenecía.

Ahora no. Un hombre, primero, con su miserable ansia de ver, tocar y cortar, había emergido tras del cabo de
arena con su larga piragua. Luego otros hombres, con
otros más, cada vez más frecuentes. Y todos ellos sucios
de olor, sucios de machetes y quemazones incesantes. Y
siempre remontando el río, desde el Sur...

A muchas jornadas de allí, el Paranahyba cobraba otro
nombre, ella lo sabía muy bien. Pero más allá todavía,
hacia ese abismo incomprensible del agua bajando siempre, ¿no habría un término, una inmensa restinga a través que contuviera las aguas eternamente en descenso?

De allí, sin duda, llegaban los hombres, y las
alzaprimas, y las mulas sueltas que infectan la selva. ¡Si
ella pudiera cerrar el Paranahyba, devolverle su salvaje
silencio, para reencontrar el deleite de antaño, cuando
cruzaba el río silbando en las noches oscuras, con la cabeza a tres metros del agua humeante...!

Sí; crear una barrera que cegara el río...

Y bruscamente pensó en los camalotes.

La vida de Anaconda era breve aún; pero ella sabía de
dos o tres crecidas que habían precipitado en el Paraná
millones de troncos desarraigados, y plantas acuáticas y

espumosas, y fango. ¿A dónde había ido a pudrirse todo eso? ¿Qué cementerio vegetal sería capaz de contener el desagüe de todos los camalotes que un desborde sin precedentes vaciara en la sima de ese abismo desconocido?

Ella recordaba bien: crecida de 1883; inundación de 1894... Y con los once años transcurridos sin grandes lluvias, el régimen tropical debía sentir, como ella en las fauces, sed de diluvio.

Su sensibilidad ofídica a la atmósfera rizábale las escamas de esperanzas. Sentía el diluvio inminente. Y como otro Pedro el Ermitaño, Anaconda lanzóse a predicar la cruzada a lo largo de los riachos y fuentes fluviales.

La sequía de su hábitat no era, como bien se comprende, general a la vasta cuenca. De modo que tras largas jornadas, sus narices se expandieron ante la densa humedad de los esteros, plenos de victorias regias, y al vaho de formol de las pequeñas hormigas que amasaban sus túneles sobre ellas.

Muy poco costó a Anaconda convencer a los animales. El hombre ha sido, es y será el más cruel enemigo de la selva.

—...Cegando, pues, el río —concluyó Anaconda después de exponer largamente su plan—, los hombres no podrán llegar hasta aquí.

—¿Pero las lluvias necesarias? —objetaron las ratas de agua, que no podían ocultar sus dudas—. ¡No sabemos si van a venir!

—¡Vendrán! Y antes de lo que imaginan. ¡Yo lo sé!

—Ella lo sabe —confirmaron las víboras—. Ella ha vivido entre los hombres. Ella los conoce.

—Sí, los conozco. Y sé que un solo camalote, uno solo, arrastra a la deriva de una gran creciente la tumba de un hombre.

—¡Ya lo creo! —sonrieron suavemente las víboras —
tal vez de dos...

—O de cinco... —bostezó un viejo tigre desde el fondo de sus ijares—. Pero dime —se desperezó directamente hacia Anaconda—: ¿Estás segura de que los camalotes alcanzarán a cegar el río? Lo pregunto por preguntar.

—Claro que no alcanzarán los de aquí, ni todos los que puedan desprenderse en doscientas leguas a la redonda... Pero te confieso que acabas de hacer la única pregunta capaz de inquietarme. ¡No, hermanos! Todos los camalotes de la cuenca del Paranahyba y del río Grande con todos sus afluentes, no alcanzarían a formar una barra de diez leguas de largo a través del río. Si no contara más que con ellos, hace tiempo que me hubiera tendido a los pies del primer caipira con machete... Pero tengo grandes esperanzas de que las lluvias sean generales e inunden también la cuenca del Paraguay. Ustedes no lo conocen... Es un gran río. Si llueve allá, como indefectiblemente lloverá aquí, nuestra victoria es segura. Hermanos: ¡Hay allá esteros de camalotes que no alcanzaríamos a recorrer nunca, sumando nuestras vidas!

—Muy bien... —asintieron los yacarés con pesada modorra—. Es aquél un hermoso país... ¿Pero cómo sabremos si ha llovido también allá? Nosotros tenemos las patitas débiles...

—No, pobrecitos... —sonrió Anaconda, cambiando una irónica mirada con los carpinchos, sentados a diez prudenciales metros—. No los haremos ir tan lejos... Yo creo que un pájaro cualquiera puede venir desde allá en tres volidos a traernos la buena nueva...

—Nosotros no somos pájaros cualesquiera —dijeron los tucanes—, y vendremos en cien volidos, porque volamos muy mal. Y no tenemos miedo a nadie. Y vendremos volando, porque nadie nos obliga a ello, y queremos hacerlo así. Y a nadie tenemos miedo.

Y concluido su aliento, los tucanes miraron impávidos a todos, con sus grandes ojos de oro cercados de azul.

—Somos nosotros quienes tenemos miedo... —chilló a la sordina una harpía plomiza esponjándose de sueño.

—Ni a ustedes ni a nadie. Tenemos el vuelo corto; pero miedo, no —insistieron los tucanes, volviendo a poner a todos de testigos.

—Bien, bien... —intervino Anaconda, al ver que el debate se agriaba; como eternamente se ha agriado en la selva toda exposición de méritos—. Nadie tiene miedo a nadie, ya lo sabemos... y los admirables tucanes vendrán, pues, a informarnos del tiempo que reine en la cuenca aliada.

—Lo haremos así porque nos gusta; pero nadie nos obliga a hacerlo —tornaron los tucanes.

De continuar así, el plan de lucha iba a ser muy pronto olvidado, y Anaconda lo comprendió.

—¡Hermanos! —se irguió con vibrante silbido—. Estamos perdiendo el tiempo estérilmente. Todos somos iguales, pero juntos. Cada uno de nosotros, de por sí, no vale gran cosa. Aliados, somos toda la zona tropical. ¡Lancémosla contra el hombre, hermanos! ¡El todo lo destruye! ¡Nada hay que no corte y ensucie! ¡Echemos por el río nuestra zona entera, con sus lluvias, su fauna, sus camalotes, sus fiebres y sus víboras! ¡Lancemos el bosque por el río, hasta cegarlo! ¡Arranquémonos todos, desarraiguémonos a muerte, si es preciso, pero lancemos el trópico aguas abajo!

El acento de las serpientes fue siempre seductor. La selva, enardecida, se alzó en una sola voz.

—¡Sí, Anaconda! ¡Tienes razón! ¡Precipitemos la zona por el río! ¡Bajemos, bajemos!

Anaconda respiró por fin libremente: la batalla estaba ganada. El alma —diríamos— de una zona entera, con su clima, su fauna y su flora, es difícil de conmover; pero cuando sus nervios se han puesto tirantes en la prueba de una atroz sequía, no cabe entonces mayor certidumbre, que su resolución bienhechora en un gran diluvio.

Pero en su hábitat, al que la gran boa regresaba, la sequía llegaba ya a límites extremos.

—¿Y bien? —preguntaron las bestias angustiadas—. ¿Están allá de acuerdo con nosotros? ¿Volverá a llover otra vez, dinos? ¿Estás segura, Anaconda?

—Lo estoy. Antes que concluya esta luna oiremos tronar de agua el monte. ¡Agua, hermanos, y que no cesará tan pronto!

A esta mágica voz: ¡agua!, la selva entera clamó, pasaban las noches sin sueño y sin hambre, aspirando como un eco de desolación:

—¡Agua! ¡Agua!

—¡Sí, e inmensa! Pero no nos precipitemos cuando brame. Contamos con aliados invalorables, y ellos nos enviarán mensajeros cuando llegue el instante. Escudriñen constantemente el cielo, hacia el noroeste. De allí deben llegar los tucanes. Cuando ellos lleguen, la victoria es nuestra. Hasta entonces, paciencia.

¿Pero cómo exigir paciencia a seres cuya piel se abría en grietas de sequedad, que tenían los ojos rojos por las conjuntivitis, y cuyo trote vital era ahora un arrastre de patas, sin brújula?

Día tras día, el sol se levantó sobre el barro de intolerable resplandor, y se hundió asfixiado en vapores de sangre, sin una sola esperanza. Cerrada la noche, Anaconda deslizábase hasta el Paranahyba a sentir en la sombra el menor estremecimiento de lluvia que debía llegar sobre las aguas desde el implacable Norte. Hasta la costa, por

...emás, se habían arrastrado los animales menos ex-
...ustos. Y juntos todos, pasaban las noches sin sueño y
sin hambre, aspirando en la brisa, como la vida misma, el
más leve olor a tierra mojada.

Hasta que una noche, por fin, realizóse el milagro. In-
confundible con otro alguno, el viento precursor trajo a
aquellos míseros un sutil vaho de hojas empapadas.

—¡Agua! ¡Agua! —oyóse clamar de nuevo en el desolado ámbito. Y la dicha fue definitiva cuando cinco horas después, al romper el día, se oyó en el silencio,
lejanísimo aún, el sordo tronar de la selva bajo el diluvio
que se precipitaba por fin.

Esa mañana el sol brilló, pero no amarillo sino ana-
ranjado, y a mediodía no se le vio más. Y la lluvia llegó
espesísima y opaca y blanca como plata oxidada, a em-
papar la tierra sedienta.

Diez noches y diez días continuos, el diluvio cernióse
sobre la selva flotando en vapores; y lo que fuera páramo
de insoportable luz, tendíase ahora hasta el horizonte en
sedante napa líquida. La flora acuática rebrotaba en
planísimas balsas verdes que a simple vista se veía dilatar
sobre el agua, hasta lograr contacto con sus hermanas. Y
cuando nuevos días pasaron sin traer a los emisarios del
noroeste, la inquietud tornó a asaltar a los futuros cruza-
dos.

—¡No vendrán nunca! —clamaban—. ¡Lancémonos,
Anaconda! Dentro de poco no será ya tiempo. Las lluvias cesan.

—Y recomenzarán. ¡Paciencia, hermanitos! ¡Es imposible que no llueva allá! Los tucanes vuelan mal; ellos
mismos lo dicen. Acaso están en camino. ¡Dos días más!

Pero Anaconda estaba muy lejos de la fe que aparen-
taba. ¿Y si los tucanes se habían extraviado en los vapores de la selva humeante? ¿Y si por una inconcebible des-

gracia, el noroeste no había acompañado al diluvio del Norte? A media jornada de allí, el Paranahyba atronaba con las cataratas pluviales que le vertían sus afluentes.

Como ante la espera de una paloma de arca, los ojos de las ansiosas bestias estaban sin cesar vueltos al noroeste, hacia el cielo anunciador de su gran empresa. Nada. Hasta que en las brumas de un chubasco, mojados y ateridos, los tucanes llegaron graznando.

—¡Grandes lluvias! ¡Lluvia general en toda la cuenca! ¡Todo blanco de agua!

Y un alarido salvaje azotó la zona entera.

—¡Bajemos! ¡El triunfo es nuestro! ¡Lancémonos en seguida!

Y ya era tiempo, podría decirse, porque el Paranahyba desbordaba hasta allí mismo, fuera de cauce. Desde el río a la gran laguna, los bañados eran ahora un tranquilo mar, que se balanceaba de tiernos camalotes. Al norte, bajo la presión del desbordamiento, el mar verde cedía dulcemente, trazaba una gran curva lamiendo el bosque, y derivaba lentamente hacia el sur succionado por la veloz corriente.

Había llegado la hora. Ante los ojos de Anaconda, la zona al asalto desfiló. Victorias nacidas ayer, y viejos cocodrilos rojizos, hormigas y tigres; camalotes y víboras; espumas, tortugas y liebres, y el mismo clima diluviano que descargaba otra vez, la selva pasó, aclamando a la boa, hacia el abismo de las grandes crecidas.

Y cuando Anaconda lo hubo visto así, dejóse a su vez arrastrar flotando hasta el Paranahyba, donde arrollada sobre un cedro arrancado de cuajo, que descendía girando sobre sí mismo en las corrientes encontradas, suspiró por fin con una sonrisa, cerrando lentamente a la luz crepuscular sus ojos de vidrio.

Estaba satisfecha.

Comenzó entonces el viaje milagroso hacia lo desconocido, pues de lo que pudiera haber detrás de los grandes cantiles de asperón rosa que mucho más allá del Guayra entrecierran el río, ella lo ignoraba todo. Por el Tacuarí había llegado una vez hasta la cuenca del Paraguay, según lo hemos visto. Del Paraná medio e inferior nada conocía.

Serena, sin embargo, a la vista de la zona que bajaba triunfal y danzando sobre las aguas encajonadas, refrescada de mente y de lluvia, la gran serpiente se dejó llevar hamacada bajo el diluvio blanco que la adormecía.

Descendió en este estado el Paranahyba natal, entrevió el aplacamiento de los remolinos al salvar el río Muerto, y apenas tuvo conciencia de sí cuando la selva entera flotante, y el cedro y ella misma, fueron precipitados a través de la bruma en la pendiente del Guayra, cuyos saltos en escalera se hundían por fin en un plano inclinado abismal. Por largo tiempo el río estrangulado revolvió profundamente sus aguas rojas. Pero dos jornadas más adelante, los altos ribazos separábanse otra vez, y las aguas, en estiramiento de aceite, sin un remolino, ni un rumor, filaban por el canal a nueve millas por hora.

A nuevo país, nuevo clima. Cielo despejado ahora y sol radiante, que apenas alcanzaban a velar un momento los vapores matinales. Como una serpiente muy joven, Anaconda abrió curiosamente los ojos al día de Misiones, en un confuso y casi desvanecido recuerdo de su primera juventud.

Tornó a ver la playa, al primer rayo de sol, elevarse y flotar sobre una lechosa niebla que poco a poco se disipaba, para persistir en las ensenadas umbrías, en largos chales prendidos a las popas mojadas de las piraguas. Volvió aquí a sentir, al abordar los grandes remansos de las restingas, el vértigo del agua a flor de ojo, girando en curvas lisas y mareantes, que al hervir de nuevo al tropiezo de la corriente, borbotaban enrojecidas por la sangre de las palometas. Vio tarde a tarde al sol recomenzar su tarea de fundidor, incendiando los crepúsculos en abanico, con el centro vibrando al rojo albeante, mientras allá arriba, en el alto cielo, blancos cúmulos bogaban solitarios, mordidos en todo el contorno por chispas de fuego.

Todo le era conocido, pero como en la niebla de un ensueño. Sintiendo, particularmente de noche, el pulso caliente de la inundación que descendía con ella, la boa dejábase llevar a la deriva, cuando súbitamente se arrolló con una sacudida de inquietud.

El cedro acababa de tropezar con algo inesperado o, por lo menos, poco habitual en el río.

Nadie ignora todo lo que arrastra, a flor de agua o semisumergido, una gran crecida. Ya varias veces habían pasado a la vista de Anaconda, ahogados allá en el extremo norte, animales desconocidos por ella misma, y que se hundían poco a poco bajo un aleteante picoteo de cuervos. Había visto a los caracoles trepando a centenares a las altas ramas columpiadas por la corriente y a los annós rompiéndolos a picotazos. Y al resplandor de la luna, había asistido al desfile de los cambatás remontando el río con la aleta dorsal a flor de agua, para hundirse todos de pronto con una sacudida de cañonazo.

Como en las grandes crecidas.

Pero lo que acababa de trabar contacto con ella era un cobertizo de dos aguas, como el techo de un rancho caído a tierra, y que la corriente arrastraba sobre un embalsado de camalotes.

¿Rancho construido a pique sobre un estero, y minado por las aguas? ¿Habitado tal vez por un náufrago que alcanzara hasta él?

Con infinitas precauciones, escama tras escama, Anaconda recorrió la isla flotante. Se hallaba habitada, en efecto, y bajo el cobertizo de paja estaba acostado un hombre. Pero enseñaba una larga herida en la garganta, y se estaba muriendo.

Durante largo tiempo, sin mover siquiera un milímetro la extremidad de la cola, Anaconda mantuvo la mirada fija en su enemigo.

En ese mismo gran golfo del río, obstruido por los cantiles de arenisca rosa, la boa había conocido al hombre. No guardaba de aquella historia recuerdo alguno preciso; sí una sensación de disgusto, una gran repulsión de si misma, cada vez que la casualidad, y sólo ella, despertaba en su memoria algún vago detalle de su aventura.

Amigos de nuevo, jamás. Enemigos, desde luego, puesto que contra ellos estaba desencadenada la lucha.

Pero, a pesar de todo, Anaconda no se movía; y las horas pasaban. Reinaban todavía las tinieblas cuando la gran serpiente desenrollóse de pronto, y fue hasta el borde del embalsado a tender la cabeza hacia las negras aguas.

Había sentido la proximidad de las víboras en su olor a pescado.

En efecto, las víboras llegaban a montones.

—¿Qué pasa? —preguntó Anaconda—. Saben ustedes bien que no deben abandonar sus camalotes en una inundación.

—Lo sabemos —respondieron las intrusas—. Pero aquí hay un hombre. Es un enemigo de la selva. Apártate, Anaconda.

—¿Para qué? No se pasa. Ese hombre está herido... Está muerto.

—¿Y a ti qué te importa? Si no está muerto lo estará en seguida... ¡Danos paso, Anaconda!

La gran boa se irguió, arqueando hondamente el cuello.

—¡No se pasa he dicho! ¡Atrás! He tomado a ese hombre enfermo bajo mi protección. ¡Cuidado con la que se acerque!

—¡Cuidado tú! —gritaron en un agudo silbido las víboras, hinchando las parótidas asesinas.

—¿Cuidado de qué?

—De lo que haces. ¡Te has vendido a los hombres...! ¡Iguana de cola larga!

Apenas acababa la serpiente de cascabel de silbar la última palabra, cuando la cabeza de la boa iba, como un terrible ariete, a destrozar las mandíbulas del crótalo, que flotó en seguida muerto, con el lacio vientre al aire.

—¡Cuidado! —y la voz de la boa se hizo agudísima—. ¡No va a quedar víbora en todo Misiones, si se acerca una sola! ¡Vendida yo, miserables...! ¡Al agua! Y ténganlo bien presente: Ni de día, ni de noche, ni a hora alguna, quiero víboras alrededor del hombre. ¿Entendido?

—¡Entendido! —repuso desde las tinieblas la voz sombría de un gran yararacusú—. Pero algún día te hemos de pedir cuenta de esto, Anaconda.

—En otra época —contestó Anaconda— rendí cuenta a algunas de ustedes... Y no quedó contenta. ¡Cuidado tú misma, hermosa yarará! Y ahora, mucho ojo... ¡Y feliz viaje!

Tampoco esta vez Anaconda sentíase satisfecha. ¿Por qué había procedido así? ¿Qué le ligaba ni podía ligar jamás a ese hombre —un desgraciado mensú, a todas luces— que agonizaba con la garganta abierta?

El día clareaba ya.

—¡Bah! —murmuró por fin la gran boa, contemplando por última vez al herido—. Ni vale la pena que me moleste por ese sujeto... Es un pobre individuo, como todos los otros, a quien queda apenas una hora de vida...

Y con una desdeñosa sacudida de cola, fue a arrollarse en el centro de su isla flotante.

Pero en todo el día sus ojos no dejaron un instante de
vigilar los camalotes.

Apenas entrada la noche, altos conos de hormigas que
derivaban sostenidas por los millones de hormigas aho-
gadas en la base, se aproximaron al embalsado.

—Somos las hormigas, Anaconda —dijeron— y veni-
mos a hacerte un reproche. Ese hombre que está sobre la
paja es un enemigo nuestro. Nosotros no lo vemos, pero
las víboras saben que está allí. Ellas lo han visto, y el hombre está durmiendo bajo el techo. Mátalo, Anaconda.

—No, hermanas. Vayan tranquilas.

—Haces mal, Anaconda. Deja entonces que las víboras
lo maten.

—Tampoco. ¿Conocen ustedes las leyes de las crecidas? Este embalsado es mío, y yo estoy en él. Paz, hormigas.

—Pero es que las víboras lo han contado a todos...
Dicen que te has vendido a los hombres... No te enojes,
Anaconda.

—¿Y quiénes lo creen?

—Nadie, es cierto... Sólo los tigres no están contentos.

—¡Ah...! ¿Y por qué no vienen ellos a decírmelo?

—No lo sabemos, Anaconda.

—Yo sí lo sé. Bien, hermanitas, apártense tranquilas y
cuiden de no ahogarse todas, porque harán pronto mucha falta. No teman nada de su Anaconda. Hoy y siempre, soy y seré la fiel hija de la selva. Díganselo a todos
así. Buenas noches, compañeras.

—¡Buenas noches, Anaconda! —se apresuraron a res-
ponder las hormiguitas. Y la noche las absorbió.

Anaconda había dado sobradas pruebas de inteligencia y lealtad, para que una calumnia viperina le enajena-

ra el respeto y el amor de la selva. Aunque su escasa simpatía a cascabeles y yararás de toda especie no se ocultaba a nadie, las víboras desempeñaban en la inundación tal inestimable papel, que la misma boa se lanzó en largas nadadas a conciliar los ánimos.

—Yo no busco guerra —dijo a las víboras—. Como ayer, y mientras dure la campaña, pertenezco en alma y cuerpo a la crecida. Solamente que el embalsado es mío, y hago de él lo que quiero. Nada más.

Las víboras no respondieron una palabra, ni volvieron siquiera los fríos ojos a su interlocutora, como si nada hubieran oído.

—¡Mal síntoma! —croaron los flamencos juntos, que contemplaban desde lejos el encuentro.

—¡Bah! —lloraron trepando en un tronco los yacarés chorreantes—. Dejemos tranquila a Anaconda... Son cosas de ella. Y el hombre debe estar ya muerto.

Pero el hombre no moría. Con gran extrañeza de Anaconda, tres nuevos días habían pasado, sin llevar consigo el hipo final del agonizante. No dejaba ella un instante de montar guardia; pero aparte de que las víboras no se aproximaban más, otros pensamientos preocupaban a Anaconda.

Según sus cálculos —toda serpiente de agua sabe más de hidrografía que hombre alguno— debían hallarse ya próximos al Paraguay. Y sin el fantástico aporte de camalotes que este río arrastra en sus grandes crecidas, la lucha estaba concluida al comenzar. ¿Qué significaban para colmar y cegar el Paraná en su desagüe, los verdes manchones que bajaban del Paranahyba, al lado de los 180.000 kilómetros cuadrados de camalotes de los grandes bañados de Xarayes? La selva que derivaba en ese momento lo sabía también, por los relatos de Anaconda en su cruzada. De modo que cobertizo de paja, hombre herido y rencores, fueron olvidados ante el ansia de los viajeros, que hora tras hora auscultaban las aguas para reconocer la flora aliada.

¿Y si los tucanes —pensaba Anaconda— habían errado, apresurándose a anunciar una mísera llovizna?

—¡Anaconda! —oíase en las tinieblas desde distintos puntos—. ¿No reconoces las aguas todavía? ¿Nos habrán engañado, Anaconda?

—No lo creo —respondía la boa, sombría—. Un día más, y las encontraremos.

—¡Un día más! Vamos perdiendo las fuerzas en este ensanche del río. ¡Un nuevo día...! ¡Siempre dices lo mismo, Anaconda!

—¡Paciencia, hermanos! Yo sufro mucho más que ustedes.

Fue al día siguiente un duro día, al que se agregó la extrema sequedad del ambiente, y que la gran boa sobrellevó inmóvil de vigía en su isla flotante, encendida al caer la tarde por el reflejo del sol tendido como una barra de metal fulgurante a través del río, y que la acompañaba.

En las tinieblas de esa misma noche, Anaconda, que desde horas atrás andaba entre los embalsados sorbiendo ansiosamente sus aguas, lanzó de pronto un grito de triunfo:

Acababa de reconocer en una inmensa balsa a la deriva, el salado sabor de los camalotes del Olidén.

—¡Salvados, hermanos! —exclamó—. ¡El Paraguay baja ya con nosotros! ¡Grandes lluvias allá también!

Y la moral de la selva, remontada como por encanto, aclamó a la inundación limítrofe, cuyos camalotes, densos como tierra firme, entraban por fin en el Paraná.

El sol iluminó al día siguiente esta epopeya en las dos grandes cuencas aliadas que se vertían en las mismas aguas.

La gran flora acuática bajaba, soldada en islas extensísimas que cubrían el río. Una misma voz de entusiasmo flotaba sobre la selva cuando los camalotes próximos a la costa, absorbidos por un remanso, giraban indecisos sobre el rumbo a tomar.

—¡Paso! ¡Paso! —oíase pulsar a la crecida entera ante el obstáculo. Y los camalotes, los troncos con su carga de asaltantes, escapaban por fin a la succión, filando como un rayo por la tangente.

—¡Sigamos! ¡Paso! ¡Paso! —oíase desde una orilla a la otra —. ¡La victoria es nuestra!

Así lo creía también Anaconda. Su sueño estaba a punto de realizarse. Y envanecida de orgullo, echó hacia la sombra del cobertizo una mirada triunfal.

El hombre había muerto. No había el herido cambiado de posición ni encogido un solo dedo, ni su boca se había cerrado. Pero estaba bien muerto, y posiblemente desde horas atrás.

Ante esa circunstancia, más que natural y esperada, Anaconda quedó inmóvil de extrañeza, como si el oscuro mensú hubiera debido conservar para ella, a despecho de su raza y sus heridas, su miserable existencia.

¿Qué le importaba ese hombre? Ella lo había defendido, sin duda; habíalo resguardado de las víboras, velando y sosteniendo a la sombra de la inundación un resto de vida hostil.

¿Por qué? Tampoco le importaba saberlo. Allí quedaría el muerto bajo su cobertizo, sin que ella volviera a acordarse más de él. Otras cosas la inquietaban.

En efecto, sobre el destino de la gran crecida cerníase una amenaza que Anaconda no había previsto. Macerado por los largos días de flote en las aguas calientes, el sargazo fermentaba. Gruesas burbujas subían a la superficie entre los intersticios de aquél, y las semillas reblandecidas adheríanse aglutinadas todo al contorno del sargazo. Por un momento, las costas altas habían contenido el desbordamiento, y la selva acuática había cubierto entonces totalmente el río, al punto de no verse agua sino un mar verde en todo el cauce. Pero ahora, en las costas bajas, la crecida, cansada y falta del coraje de los primeros días, defluía agonizante hacia el interior anegadizo que, como una trampa, le tendía la tierra a su paso.

Más abajo todavía los grandes embalsados rompíanse aquí y allá, sin fuerzas para vencer los remansos, e iban a gestar en las profundas ensenadas su ensueño de fecundidad. Embriagados por el vaivén y la dulzura del ambiente, los camalotes cedían dóciles a las contracorrientes de la costa, remontaban suavemente el Paraná en dos grandes curvas, y paralizábanse por fin a lo largo de la playa a florecer.

Tampoco la gran boa escapaba a esta fecunda molicie que saturaba la inundación. Iba de un lado a otro en su isla flotante, sin hallar sosiego en parte alguna. Cerca de ella, a su lado casi, el hombre muerto se descomponía. Anaconda aproximábase a cada instante, aspiraba, como en un rincón de la selva, el calor de la fermentación, e iba a deslizar por largo trecho el cálido vientre sobre el agua, como en los días de su primavera natal.

Pero no era esa agua, ya demasiado fresca, el sitio propicio. Bajo la sombra del techo yacía un mensú muerto. ¿Podía no ser esa muerte más que la resolución final y estéril del ser que ella había velado? ¿Y nada, nada le quedaría de él?

Poco a poco, con la lentitud que ella habría puesto ante un santuario natural, Anaconda fue arrollándose. Y junto al hombre que ella había defendido como su vida propia, al fecundo calor de su descomposición —póstumo tributo de agradecimiento, que quizá la selva hubiera comprendido— Anaconda comenzó a poner sus huevos.

De hecho, la inundación estaba vencida. Por vastas que fueran las cuencas aliadas, y violentos hubieran sido los diluvios, la pasión de la flora había quemado el brío de la gran crecida. Pasaban aún los camalotes, sin duda; pero la voz de aliento: ¡Paso! ¡Paso!, habíase extinguido totalmente.

Anaconda no soñaba más. Estaba convencida del desastre. Sentía, inmediata, la inmensidad en que la inundación iba a diluirse, sin haber cerrado el río. Fiel al calor del hombre, continuaba poniendo sus huevos vitales, propagadores de su especie, sin esperanza alguna para ella misma.

En un infinito de agua, fría ahora, los camalotes se disgregaban, desparramándose por la superficie sin fin. Largas y redondas olas balanceaban sin concierto la selva desgarrada, cuya fauna terrestre, muda y sin oriente, se iba hundiendo aterida en la frialdad del estuario.

Grandes buques —los vencedores—, ahumaban a lo lejos el cielo límpido, y un vaporcito empenachado de blanco curioseaba entre las islas rotas. Más lejos todavía, en la infinidad celeste, Anaconda destacábase erguida sobre su embalsado, y aunque disminuidos por la distancia, sus robustos diez metros llamaron la atención de los curiosos.

—¡Allá! —alzóse de pronto una voz en el vaporcito—. ¡En aquel embalsado! ¡Una enorme víbora!

—¡Qué monstruo! —gritó otra voz—. ¡Y fíjense! ¡Hay un rancho caído! Seguramente ha matado a su habitante.

—¡O lo ha devorado vivo! Estos monstruos no perdonan a nadie. Vamos a vengar al desgraciado con una buena bala.

—¡Por Dios, no nos acerquemos! —clamó el que primero había hablado—. El monstruo debe estar furioso. Es capaz de lanzarse contra nosotros en cuanto nos vea. ¿Está seguro de su puntería desde aquí?

—Veremos... No cuesta nada probar un primer tiro.

Allá, al sol naciente que doraba el estuario puntillado de verde, Anaconda había visto la lancha con su penacho de vapor. Miraba indiferente hacia aquello, cuando distinguió un pequeño copo de humo en la proa del vaporcito, y su cabeza golpeó contra los palos del embalsado.

La boa irguióse de nuevo, extrañada. Había sentido un golpecito seco en alguna parte de su cuerpo, tal vez en la cabeza. No se explicaba cómo. Tenía, sin embargo, la impresión de que algo le había pasado. Sentía el cuerpo dormido, primero; y luego, una tendencia a balancear el cuello, como si las cosas, y no su cabeza, se pusieran a danzar, oscureciéndose.

Vio de pronto ante sus ojos la selva natal en un viviente panorama, pero invertida; y transparentándose sobre ella, la cara sonriente del mensú.

Tengo mucho sueño... —penso Anaconda, tratando de abrir todavía los ojos. Inmensos y azulados ahora, sus huevos desbordaban del cobertizo y cubrían la balsa entera.

—Debe de ser hora de dormir... —murmuró Anaconda. Y pensando deponer suavemente la cabeza a lo largo de sus huevos, la aplastó contra el suelo en el sueño final.

OTROS RELATOS
DEL AUTOR

El perro rabioso

El 20 de marzo de este año, los vecinos de un pueblo del Chaco santafecino persiguieron a un hombre rabioso que en pos de descargar su escopeta contra su mujer, mató de un tiro a un peón que cruzaba delante de él. Los vecinos, armados, lo rastrearon en el monte como una fiera, hallándolo por fin trepado en un árbol, con su escopeta aún, y aullando de un modo horrible. Viéronse en la necesidad de matarlo de un tiro.

Marzo 9.—
Hoy hace treinta y nueve días, hora por hora, que el perro rabioso entró de noche en nuestro cuarto. Si un recuerdo ha de perdurar en mi memoria, es el de las dos horas que siguieron a aquel momento.

La casa no tenía puertas sino en la pieza que habitaba mamá, pues como había dado desde el principio en tener miedo, no hice otra cosa, en los primeros días de urgente instalación, que aserrar tablas para las puertas y ventanas de su cuarto. En el nuestro, y a la espera de mayor desahogo de trabajo, mi mujer se había contentado —verdad que bajo un poco de presión por mi parte— con magníficas puertas de arpillera. Como estábamos en verano, este detalle de riguroso ornamento no dañaba nuestra salud ni nuestro miedo. Por una de estas arpilleras, la que da al corredor central, fue por donde entró y me mordió el perro rabioso.

Yo no sé si el alarido de un epiléptico da a los demás la sensación de clamor bestial y fuera de toda humanidad que me produce a mí. Pero estoy seguro de que el aullido de un perro rabioso, que se obstina de noche alrededor de nuestra casa, provocará en todos la misma fúnebre angustia. Es un grito corto, estrangulado, de agonía, como si el animal boqueara ya, y todo él empapado en cuanto de lúgubre sugiere un animal rabioso.

Era un perro negro, grande, con las orejas cortadas. Y para mayor contrariedad, desde que llegáramos no había hecho más que llover. El monte cerrado por el agua, las tardes rápidas y tristísimas; apenas salíamos de casa, mientras la desolación del campo, en un temporal sin tregua, había ensombrecido al exceso el espíritu de mamá.

Con esto, los perros rabiosos. Una mañana el peón nos dijo que por su casa había andado uno la noche anterior, y que había mordido al suyo. Dos noches antes, un perro barcino había aullado feo en el monte. Había muchos, según él. Mi mujer y yo no dimos mayor importancia al asunto, pero no así mamá, que comenzó a hallar terriblemente desamparada nuestra casa a medio hacer. A cada momento salía al corredor para mirar el camino.

Sin embargo, cuando nuestro chico volvió esa mañana del pueblo, confirmó aquello. Había explotado una fulminante epidemia de rabia. Una hora antes acababan de perseguir a un perro en el pueblo. Un peón había tenido tiempo de asestarle un machetazo en la oreja, y el animal, al trote, el hocico en tierra y el rabo entre las patas delanteras, había cruzado por nuestro camino, mordiendo a un potrillo y a un chancho que halló en el trayecto.

Más noticias aún. En la chacra vecina a la nuestra, y esa misma madrugada, otro perro había tratado inútilmente de saltar el corral de las vacas. Un inmenso perro flaco había corrido a un muchacho a caballo, por la picada del puerto viejo. Todavía de tarde se sentía dentro del monte el aullido agónico del perro. Como dato final, a las nueve llegaron al galope dos agentes a darnos la filiación de los perros rabiosos vistos, y a recomendarnos sumo cuidado.

Había de sobra para que mamá perdiera el resto de valor que le quedaba. Aunque de una serenidad a toda prueba, tiene terror a los perros rabiosos, a causa de cierta cosa horrible que presenció en su niñez. Sus nervios, ya enfermos por el cielo constantemente encapotado y lluvioso, provocáronle verdaderas alucinaciones de perros que entraban al trote por la portera.

Había un motivo real para este temor. Aquí, como en todas partes donde la gente pobre tiene muchos más perros de los que puede mantener, las casas son todas las noches merodeadas por perros hambrientos, a que los peligros del oficio —un tiro o una mala pedrada— han dado verdadero proceder de fieras. Avanzan al paso, agachados, los músculos flojos. No se siente jamás su marcha. Roban —si la palabra tiene sentido aquí— cuanto le exige su atroz hambre. Al menor rumor, no huyen porque esto haría ruido, sino se alejan al paso, doblando las patas. Al llegar al pasto se agazapan, y esperan así tranquilamente media o una hora, para avanzar de nuevo.

De aquí la ansiedad de mamá, pues siendo nuestra casa una de las tantas merodeadas, estábamos desde luego amenazados por la visita de los perros rabiosos, que recordarían el camino nocturno.

En efecto, esa misma tarde, mientras mamá, un poco olvidada, iba caminando despacio hacia la portera, oí su grito:

—¡Federico! ¡Un perro rabioso!

Un perro barcino, con el lomo arqueado, avanzaba al

trote en ciega línea recta. Al verme llegar se detuvo, erizando el lomo. Retrocedí sin volver el cuerpo para ir a buscar la escopeta, pero el animal se fue. Recorrí inútilmente el camino, sin volverlo a hallar.

Pasaron dos días. El campo continuaba desolado de lluvia y tristeza, mientras el número de perros rabiosos aumentaba. Como no se podía exponer a los chicos a un terrible tropiezo en los caminos infestados, la escuela se cerró; y la carretera, ya sin tráfico, privada de este modo de la bulla escolar que animaba su soledad a las siete y a las doce, adquirió lúgubre silencio.

Mamá no se atrevía a dar un paso fuera del patio. Al menor ladrido miraba sobresaltada hacia la portera, y apenas anochecía, veía avanzar por entre el pasto ojos fosforescentes. Concluida la cena se encerraba en su cuarto, el oído atento al más hipotético aullido.

Hasta que la tercera noche me desperté, muy tarde ya: tenía la impresión de haber oído un grito, pero no podía precisar la sensación. Esperé un rato. Y de pronto un aullido corto, metálico, de atroz sufrimiento, tembló bajo el corredor.

—¡Federico! —oí la voz traspasada de emoción de mamá— ¿sentiste?

—Sí —respondí, deslizándome de la cama. Pero ella oyó el ruido.

—¡Por Dios, es un perro rabioso!¡Federico, no salgas, por Dios! ¡Juana! ¡dile a tu marido que no salga! —clamó desesperada, dirigiéndose a mi mujer.

Otro aullido explotó, esta vez en el corredor central, delante de la puerta. Una finísima lluvia de escalofríos me bañó la médula hasta la cintura. No creo que haya nada más profundamente lúgubre que un aullido de perro rabioso a esa hora. Subía tras él la voz desesperada de mamá.

—¡Federico! ¡Va a entrar en tu cuarto! ¡No salgas, mi Dios, no salgas! ¡Juana! ¡dile a tu marido!...

—¡Federico! —se cogió mi mujer a mi brazo.

Pero la situación podía tornarse muy crítica si esperaba a que el animal entrara, y encendiendo la lámpara descolgué la escopeta. Levanté de lado la arpillera de la puerta, y no vi más que el negro triángulo de la profunda niebla de afuera. Tuve apenas tiempo de avanzar una pierna, cuando sentía que alga firma y tibio me rozaba el muslo: el perro rabioso se entraba en nuestro cuarto. Le eché violentamente atrás la cabeza de un golpe de rodilla, y súbitamente me lanzó un mordisco, que falló, en un claro golpe de dientes. Pero un instante después sentía un dolor agudo.

Ni mi mujer ni mi madre se dieron cuenta de que me había mordido.

—¡Federico! ¿Qué fue eso? —gritó mamá que había oído mi detención ante la dentellada al aire.

—Nada: quería entrar.

—¡Oh!...

De nuevo, y esta vez detrás del cuarto de mamá, el fatídico aullido explotó.

—¡Federico! ¡Está rabioso! ¡No salgas! —clamó enloquecida, sintiendo al animal tras la pared de madera, a un metro de ella.

Hay cosas absurdas que tienen toda la apariencia de un legítimo razonamiento: Salí afuera con la lámpara en una mano y la escopeta en la otra, exactamente como para buscar a una rata aterrorizada, que me daba perfecta holgura para colocar la luz en el suelo y matarla en el extremo de un horcón.

Recorrí los corredores. No se oía un rumor, pero de dentro de las piezas me seguía la tremenda angustia de mamá y mi mujer que esperaban el estampido.

El perro se había ido.

—¡Federico! exclamó mamá al sentirme volver por fin. ¿Se fue el perro?

—Creo que sí; no lo veo. Me parece haber oído un trote cuando salí.

—Sí, yo también sentí... Federico: ¿no estará en tu cuarto?... ¡No tiene puerta, mi Dios! ¡Quédate adentro! ¡Puede volver!

En efecto, podía volver. Eran las dos y veinte de la mañana. Y juro que fueron fuertes las dos horas que pasamos mi mujer y yo, con la luz prendida hasta que amaneció, ella acostada, yo sentado en la cama, vigilando sin cesar la arpillera flotante.

Antes me había curado. La mordedura era nítida: dos agujeros violetas, que oprimí con todas mis fuerzas, y lavé con permanganato.

Yo creía muy restrictivamente en la rabia del animal. Desde el día anterior se había empezado a envenenar perros, y algo en la actitud abrumada del nuestro me prevenía en pro de la estricnina. Quedaban el fúnebre aullido y el mordisco; pero de todos modos me inclinaba a lo primero. De aquí, seguramente, mi relativo descuido con la herida.

Llegó por fin el día. A las ocho, y a cuatro cuadras de casa, un transeúnte mató de un tiro de revólver al perro negro que trotaba en inequívoco estado de rabia. En seguida lo supimos, teniendo de mi parte que librar una verdadera batalla contra mamá y mi mujer para no bajar a Buenos Aires a darme inyecciones. La herida, franca, había sido bien oprimida, y lavada con mordiente lujo de permanganato. Todo esto, a los cinco minutos de la mordedura. ¿Qué demonios podía temer tras esa corrección higiénica? En casa concluyeron por tranquilizarse, y como la epidemia —provocada por una crisis de llover sin tregua como jamás se viera aquí había cesado casi de golpe, la vida recobró su línea habitual. Pero no por ello mamá y mi mujer dejaron ni dejan de llevar cuenta exacta del tiempo. Los clásicos cuarenta días pesan fuertemente, sobre todo en mamá, y aún hoy, con treinta y nueve transcurridos sin el más leve trastorno, ella espera el día de mañana para echar de su espíritu, en un inmenso suspiro, el terror siempre vivo que guarda de aquella noche.

El único fastidio acaso que para mí ha tenido esto, es recordar, punto por punto, lo que ha pasado. Confío en que mañana de noche concluya, con la cuarentena, esta historia que mantiene fijos en mí los ojos de mi mujer y de mi madre, como si buscaran en mi expresión el primer indicio de enfermedad.

....

Marzo 10.—

¡Por fin! Espero que de aquí en adelante podré vivir como un hombre cualquiera, que no tiene suspendida sobre su cabeza coronas de muerte. Ya han pasado los famosos cuarenta días, y la ansiedad, la manía de persecuciones y los horribles gritos que esperaban de mí pasaron también para siempre.

Mi mujer y mi madre han festejado el fausto acontecimiento de un modo particular: contándome, punto por punto, todos los terrores que han sufrido sin hacérmelo ver. El más insignificante desgano mío las sumía en mortal angustia: ¡Es la rabia que comienza! —gemían. Si alguna mañana me levanté tarde, durante horas no vivieron, esperando otro síntoma. La fastidiosa infección en un dedo que me tuvo tres días febril e impaciente, fue para ellas una absoluta prueba de la rabia que comenzaba, de donde su consternación, más angustiosa por furtiva.

Y así, el menor cambio de humor, el más leve abatimiento, provocáronles, durante cuarenta días, otras tantas horas de inquietud.

No obstante esas confesiones retrospectivas, desagradables siempre para el que ha vivido engañado, aun con la más arcangélica buena voluntad, con todo me he reído buenamente. —¡Ah, mi hijo! ¡No puedes figurarte lo horrible que es para una madre el pensamiento de que su hijo pueda estar rabioso! Cualquier otra cosa... ¡pero rabioso, rabioso! ...

Mi mujer, aunque más sensata, ha divagado también bastante más de lo que confiesa. ¡Pero ya se acabó, por suerte! Esta situación de mártir, de bebé vigilado segundo a segundo contra tal disparatada amenaza de muerte, no es seductora, a pesar de todo. ¡Por fin, de nuevo! Viviremos en paz, y ojalá que mañana o pasado no amanezca con dolor de cabeza, para resurrección de las locuras.

Hubiera querido estar absolutamente tranquilo, pero es imposible. No hay ya más, creo, posibilidad de que esto concluya. Miradas de soslayo todo el día, cuchicheos incesantes, que cesan de golpe en cuanto oyen mis pasos, un crispante espionaje de mi expresión cuando estamos en la mesa, todo esto se va haciendo intolerable.

—¡Pero qué tienen, por favor! —acabo de decirles. — ¿Me hallan algo anormal, no estoy exactamente como siempre? ¡Ya es un poco cansadora esta historia del perro rabioso!

—¡Pero Federico! —me han respondido, mirándome con sorpresa. !Si no te decimos nada, ni nos hemos acordado de eso!

¡Y no hacen, sin embargo, otra cosa, otra que espiarme noche y día, día y noche, a ver si la estúpida rabia de su perro se ha infiltrado en mí!

Marzo 18.—
Hace tres días que vivo como debería y desearía hacerlo toda la vida. ¡Me han dejado en paz, por fin, por fin, por fin!

Marzo 19.—
¡Otra vez! ¡Otra vez han comenzado! Ya no me quitan los ojos de encima, como si sucediera lo que parecen desear: que esté rabioso. ¡Cómo es posible tanta estupidez en dos personas sensatas! Ahora no disimulan más, y hablan precipitadamente en voz alta de mí; pero, no sé por qué, no puedo entender una palabra. En cuanto llego cesan de golpe, y apenas me alejo un paso recomienza el vertiginoso parloteo. No he podido contenerme y me he vuelto con rabia:
—¡Pero hablen, hablen delante, que es menos cobarde!
No he querido oír lo que han dicho y me he ido. !Ya no es vida la que llevo!

8 p.m.
¡Quieren irse! ¡Quieren que nos vayamos!
¡Ah, yo sé por qué quieren dejarme!...

Marzo 20.—
6 a.m.
¡Aullidos, aullidos! ¡Toda la noche no he oído más que aullidos! ¡He pasado toda la noche despertándome a cada momento! ¡Perros, nada más que perros ha habido anoche alrededor de casa! ¡Y mi mujer y mi madre han fingido el más plácido sueño, para que yo solo absorbiera por los ojos los aullidos de todos los perros que me miraban!...

7 a.m.

¡No hay más que víboras! ¡Mi casa está llena de víboras! ¡Al lavarme había tres enroscadas en la palangana! ¡En el forro del saco había muchas! ¡Y hay más! ¡Hay otras cosas! ¡Mi mujer me ha llenado la casa de víboras! ¡Ha traído enormes arañas peludas que me persiguen! ¡Ahora comprendo por qué me espiaba día y noche! ¡Ahora comprendo todo! ¡Quería irse por eso!

7:15 a.m.

¡El patio está lleno de víboras! ¡No puedo dar un paso! ¡No, no!... Socorro!...

¡Mi mujer se va corriendo! ¡Mi madre se va! ¡Me han asesinado!... ¡Ah, la escopeta!... ¡Maldición! ¡Está cargada con munición! Pero no importa...

¡Qué grito ha dado! Le erré... ¡Otra vez las víboras! ¡Allí, allí hay una enorme!... ¡Ay! ¡¡¡Socorro, socorro!!!

¡Todos me quieren matar! ¡Las han mandado contra mí, todas! ¡El monte está lleno de arañas! ¡Me han seguido desde casa!...

Ahí viene otro asesino... ¡Las trae en la mano! ¡Viene echando víboras en el suelo! ¡Viene sacando víboras de la boca y las echa en el suelo contra mí! ¡Ah! pero ése no vivirá mucho... ¡Le pegué! ¡Murió con todas las víboras!... ¡Las arañas! ¡Ay! ¡¡¡Socorro!!!

¡Ahí vienen, vienen todos!... ¡Me buscan, me buscan!... ¡Han lanzado contra mí un millón de víboras! ¡Todos las ponen en el suelo! ¡Y yo no tengo más cartuchos!... ¡Me han visto!... Uno me está apuntando...

Un peón

Una tarde, en Misiones, acababa de almorzar cuando sonó el cencerro del portoncito. Salí afuera y vi detenido a un hombre joven, con el sombrero en una mano y una valija en la otra. Hacía 40 grados fácilmente, que sobre la cabeza crespa de mi hombre obraban como 60. No parecía él, sin embargo, inquietarse en lo más mínimo. Lo hice pasar, y el hombre avanzó sonriendo y mirando con curiosidad la copa de mis mandarinos de cinco metros de diámetro que, dicho sea de paso, son el orgullo de la región y el mío. Le pregunté qué quería, y me respondió que buscaba trabajo. Entonces lo miré con más atención. Para peón, estaba absurdamente vestido. La valija, desde luego de suela y con lujo de correas. Después su traje, de corderoy marrón sin una mancha. Por fin, las botas; y no botas de obraje, sino artículo de primera calidad. Y sobre todo esto, el aire elegante, sonriente y seguro de mi hombre. ¿Peón él?...

—Para todo trabajo —me respondió alegre—. Me sé tirar de hacha y de azada... Tengo trabalhado antes de ahora no Foz-do-Iguassú; e fize una plantación de papas.

El muchacho era brasileño, y hablaba una lengua de frontera, mezcla de portugués-español-guaraní, fuertemente sabrosa.

—¿Papas? ¿Y el sol? —observé—. ¿Cómo se las arreglaba?

—¡Oh! —me respondió encogiéndose de hombros—. —O sol no hace nada... Tené cuidado usted de mover grande la tierra con a azada... ¡Y dale duro a o yuyo! El yuyo es el peor enemigo por la papa.

Véase cómo aprendí a cultivar papas en un país donde el sol, a más de matar las verduras quemándolas sencillamente como al contacto de una plancha, fulmina en tres segundos a las hormigas rubias y en 20 a las víboras de coral.

El hombre me miraba y lo miraba todo, visiblemente agradado de mí y del paraje.

—Bueno... —le dije—. Vamos a probar unos días... No tengo mayor trabajo por ahora.

—No importa —me respondió—. Me gusta esta casa. Es un lugar muito lindo...

Y volviéndose al Paraná, que corría dormido en el fondo del valle, agregó contento:

—¡Oh, Paraná do diavo!... Si al patrón te gusta pescar, yo te voy a acompañar a usted... Me tengo divertido grande no Foz con os mangrullús.

Por aquí, sí; para divertirse, el hombre parecía apto como pocos. Pero el caso es que a mí también me divertía, y cargué sobre mi conciencia los pesos que llegaría a costarme.

En consecuencia, dejó su valija sobre la mesita de la galería, y me dijo:

—Este día no trabajo... Voy a conocer o pueblo. Mañana empiezo.

De diez peones que van a buscar trabajo a Misiones, sólo uno comienza en seguida, y es el que realmente está satisfecho de las condiciones estipuladas. Los que aplazan la tarea para el día siguiente, por grandes que fueren sus promesas, no vuelven más.

Pero mi hombre era de una pasta demasiado singular
para ser incluido en el catálogo normal de los mensú, y
de aquí mis esperanzas. Efectivamente, al día siguiente —
de madrugada aún— apareció, restregándose las manos
desde el portón.

—Ahora sí cumplo... ¿Qué es para facer?

Le encomendé que me continuara un pozo en piedra
arenisca que había comenzado yo y que alcanzaba apenas a tres metros de hondura. El hombre bajó, muy satisfecho del trabajo, y durante largo rato oí el golpe sordo
del pico y los silbidos del pocero.

A mediodía llovió, y el agua arrastró un poco de tierra
al fondo. Rato después sentía de nuevo los silbidos de mi
hombre, pero el pico no marchaba bien. Me asomé a ver
qué pasaba, y vi a Olivera —así se llamaba— estudiando
concienzudamente la trayectoria de cada picazo para que
las salpicaduras del barro no alcanzaran a su pantalón.

—¿Qué es eso, Olivera? —le dije—. Así no vamos a
adelantar gran cosa...

El muchacho levantó la cabeza y me miró un momento con detención, como si quisiera darse bien cuenta de
mi fisonomía. En seguida se echó a reír, doblándose de
nuevo sobre el pico.

—¡Está bueno! —murmuró—. ¡Fica bon!...

Me alejé para no romper con aquel peón absurdo,
como no había visto otro; pero cuando estaba apenas a
diez pasos, oí su voz que me llegaba desde abajo:

—¡Ja, ja!... ¡Esto sí que está bueno, o patrón!... ¿Entao
me voy a ensuciar por mi ropa para fazer este pozo condenado?

La cosa proseguía haciéndole mucha gracia. Unas horas más tarde Olivera entraba en casa y sin toser siquiera
en la puerta para advertir su presencia, cosa inaudita en
un mensú. Parecía más alegre que nunca.

—Ahí está el pozo —señaló, para que yo no dudara de su existencia—. ¡Condenado!... No trabajo más allá. O pozo que vocé fizo... ¡No sabés hacer para tu pozo, usted!... Muito angosto. ¿Qué hacemos ahora, patrón? —y se acodó en la mesa, a mirarme.

Pero yo persistía en mi debilidad por el hombre. Lo mandé al pueblo a comprar un machete.

—Collins —le advertí—. No quiero Toro.

El muchacho se alzó entonces, muerto de gusto.

—¡Isto sí que está bon! ¡Lindo, Colin! ¡Ahora voy tener para mí machete macanudo!

Y salió feliz, como si el machete fuera realmente para él.

Eran las dos y media de la tarde, la hora por excelencia de las apoplejías, cuando es imposible tocar un cabo de madera que haya estado abandonado diez minutos al sol. Monte, campo, basalto y arenisca roja, todo reverberaba, lavado en el mismo tono amarillo. El paisaje estaba muerto en un silencio henchido de un zumbido uniforme, sobre el mismo tímpano, que parecía acompañar a la vista dondequiera que ésta se dirigiese.

Por el camino quemante, el sombrero en una mano y mirando a uno y otro lado la copa de los árboles, con los labios estirados como si silbase, aunque no silbaba, iba mi hombre a buscar el machete. De casa al pueblo hay media legua. Antes de la hora distinguí de lejos a Olivera que volvía despacio, entretenido en hacer rayas en el camino con su herramienta. Algo, sin embargo, en su marcha, parecía indicar una ocupación concreta, y no precisamente simular rastros de lagartija en la arena. Salí al portón del camino, y vi entonces lo que hacía Olivera: traía por delante, hacía avanzar por delante insinuándola en la vía recta con la punta del machete, a una víbora, una culebra cazadora de pollos.

Esa mañana me había visto trabajar con víboras, «una boa idea», según él.

Habiendo hallado a la culebra a 1.000 metros de casa, le había parecido muy útil traérmela viva, «para o estudio del patrón». Y nada más natural que hacerla marchar delante de él, como se arrea a una oveja.

—¡Bicho ruin! —exclamó satisfecho, secándose el sudor—. No quería caminar direito...

Pero lo más sorprendente de mi peón es que después trabajó, y trabajó como no he visto a nadie hacerlo.

Desde tiempo atrás había alimentado yo la esperanza de reponer algún día los cinco bocayás que faltaban en el círculo de palmeras alrededor de casa. En esa parte del patio el mineral rompe a flor de tierra en bloques de hierro mangánico veteado de arenisca quemada y tan duros que repelen la barreta con un grito agudo y corto. El peón que abriera los pozos primitivos no había ahondado sino 50 centímetros; y era menester un metro por lo menos para llegar al subsuelo de asperón.

Puse en la tarea a Olivera. Como allí no había barro que pudiera salpicar su pantalón, esperaba que consintiera en hallar de su gusto ese trabajo.

Y así fue, en efecto. Observó largo rato los pozos, meneando la cabeza ante su forma poco circular; se sacó el saco y lo colgó de las espinas del bocayá próximo. Miró un momento el Paraná, y después de saludarlo con un: «¡Oh, Paraná danado!», se abrió de piernas sobre la boca del pozo.

Comenzó a las ocho de la mañana. A las once, y con igual rotundidad, sonaban los barretazos de mi hombre. Efectos de indignación por el trabajo primitivo mal hecho o de afán de triunfo ante aquellas planchas negroazuladas que desprendían esquirlas filosas como navajas de botella, lo cierto es que jamás vi una perseverancia igual en echar el alma en cada barretazo. La meseta entera retumbaba con los golpes sordos, pues la barreta trabaja a un metro de profundidad.

A ratos me acercaba a ver su tarea, pero el hombre no hablaba más. Miraba de vez en cuando al Paraná, serio ahora, y se abría de nuevo de piernas.

Creí que a la siesta se resistiría a proseguir bajo el infierno del sol. No hubo tal; a las dos llegó a su pozo, colgó otra vez sombrero y saco de las espinas de la palmera, y recomenzó.

Yo no estaba bien esa siesta. A tal hora, fuera del zumbido inmediato de alguna avispa en el corredor y del rumor vibrante y monótono del paisaje asfixiado por la luz, no es habitual sentir nada más. Pero ahora la meseta resonaba sordamente, golpe tras golpe. Debido al mismo estado de depresión en que me hallaba, prestaba un oído enfermizo al retumbo aquel. Cada golpe de la barreta me parecía más fuerte; creía hasta sentir el ¡han! del hombre al doblarse. Los golpes tenían un ritmo muy marcado; pero de uno a otro pasaba un siglo de tiempo. Y cada nuevo golpe era más fuerte que el anterior.

—Ya viene —me decía a mí mismo—. Ahora, ahora... Éste va a retumbar más que los otros...

Y, efectivamente, el golpe sonaba terrible, como si fuera el último de un fuerte trabajador cuando tira la herramienta al diablo.

Pero la angustia recomenzaba en seguida:

—Éste va a ser más fuerte todavía... Ya va a sonar...

Y sonaba en efecto.

Tal vez yo tuviera un poco de fiebre. A las cuatro no pude más, y fui al pozo.

—¿Por qué no deja un rato, Olivera? —le dije—. Va a quedar loco con eso...

El hombre levantó la cabeza y me miró con una larga mirada irónica.

—Entao... ¿Vocé no quiere que yo le haga por tus pozos?...

Y continuaba mirándome, con la barreta entre las manos como un fusil en descanso.

Me fui de allí y, como siempre que me sentía desganado, cogí el machete y entré en el monte.

Al cabo de una hora regresé, sano ya. Volví por el monte del fondo de casa, mientras Olivera concluía de limpiar su pozo con una cuchara de lata. Un momento después me iba a buscar al comedor.

Yo no sabía qué me iba a decir mi hombre después del trabajito de ese horrible día. Pero se plantó enfrente de mí y me dijo sólo señalando las palmeras con orgullo un poco despectivo:

—Ahí tenés para tus bocayás... ¡Así se faz un trabajo!...

Y concluyó, sentándose a mi frente y estirando las piernas sobre una silla, mientras se secaba el sudor:

—¡Piedra do diavo!... Quedó curubica...

Éste fue el comienzo de mis relaciones con el peón más raro que haya tenido nunca en Misiones. Estuvo tres meses conmigo. En asuntos de pago era muy formal; quería siempre sus cuentas arregladas a fin de semana. Los domingos iba al pueblo, vestido de modo a darme envidia a mí mismo —para lo cual no se necesitaba mucho, por lo demás—. Recorría todos los boliches, pero jamás tomaba nada. Quedábase en un boliche dos horas, oyendo hablar a los demás peones; iba de un grupo a otro, según cambiara la animación, y lo oía todo con una muda sonrisa, pero nunca hablaba. Luego iba a otro boliche, después a otro, y así hasta la noche. El lunes llegaba a casa siempre a primera hora, restregándose las manos desde que me veía.

Hicimos asimismo algunos trabajos juntos. Por ejemplo, la limpieza del bananal grande, que nos llevó seis días completos, cuando sólo debiera haber necesitado tres. Aquello fue lo más duro que yo haya hecho en mi vida —y acaso él— por el calor de ese verano. El ambiente a la siesta de un bananal, sucio casi hasta capuera, en una hondonada de arena que quema los pies a través de las botas, es una prueba única en la resistencia al calor de un individuo. Arriba, en la altura de la casa, las hojas de las palmeras se desflecaban enloquecidas por el viento norte; un viento de horno, si se quiere, pero que refresca por evaporación del sudor. Pero en el fondo, donde estábamos nosotros, entre las pajas de dos metros, en una atmósfera ahogada y rutilante de nitratos, partidos en dos para machetear a ras del suelo, es preciso tener muy buena voluntad para soportar eso.

Olivera se erguía de vez en cuando con las manos en la cintura —camisa y pantalón completamente mojados—. Secaba el mango del machete, contento de sí mismo por la promesa del río, allá en el fondo del valle:

—¡Oh, baño que me voy a dar!... ¡Ah, Paraná!

Al concluir el rozado ése, tuve con mi hombre el único disgusto a que dio lugar.

En casa teníamos, desde cuatro meses atrás, una sirvienta muy buena. Quien haya vivido en Misiones, en el Chubut o donde fuere, pero en monte o campo, comprenderá el encanto nuestro con una muchacha así.

Se llamaba Cirila. Era la décima tercera hija de un peón paraguayo, muy católico desde su juventud, y que a los sesenta años había aprendido a leer y escribir. Acompañaba infaliblemente todos los entierros, dirigiendo los rezos por el camino.

La muchacha gozaba de toda nuestra confianza. Aún más, nunca le notamos debilidad visible por Olivera, que los domingos era todo un buen mozo. Dormía en el galpón, cuya mitad ocupaba; en la otra mitad tenía yo mi taller.

Un día, sí, había visto a Olivera apoyarse en la azada y seguir con los ojos a la muchacha, que pasaba al pozo a buscar agua. Yo cruzaba por allí.

—Ahí tenés —me dijo estirando el labio—, una buena peona para vocé... ¡Buena muchacha! Y no es fea a rapaza...

Dicho lo cual prosiguió carpiendo, satisfecho.

Una noche tuvimos que hacer levantar a Cirila a las once. Salió en seguida de su cuarto vestida —como duermen todas ellas, desde luego—, pero muy empolvada.

¿Qué diablos de polvos precisaba la muchacha para dormir? No pudimos dar con el motivo, fuera del supuesto de una trasnochada coquetería.

Pero he aquí que una noche, muy tarde, me levanté a contener a uno de los tantos perros hambrientos que en aquella época rompían con los dientes el tejido de alambre para entrar. Al pasar por el taller sentí ruido, y en el mismo instante una sombra salió corriendo de adentro hacia el portón.

Yo tenía muchas herramientas, tentación eterna de los peones. Lo que es peor, esa noche tenía en la mano el revólver, pues confieso que el ver todas las mañanas tres o cuatro agujeros en el tejido había acabado por sacarme de quicio.

Corrí hacia el portoncito, pero ya el hombre bajaba a todo escape la cuesta hacia el camino, arrastrando las piedras en la carrera. Apenas veía el bulto. Disparé los cinco tiros; el primero tal vez con no muy sana intención, pero los restantes al aire. Recuerdo muy claramente esto: la aceleración desesperada de la carrera, a cada disparo.

No hubo más. Pero algo había llamado mi atención; y

es que el ladrón nocturno estaba calzado, a juzgar por el rodar de los cantos que arrastraba. Y peones que allá calcen botines o botas, fuera de los domingos, son contadísimos.

A la madrugada siguiente, nuestra sirvienta tenía perfecto aire de culpable. Yo estaba en el patio cuando Olivera llegó. Abrió el portoncito y avanzó silbando al Paraná y a los mandarinos, alternativamente, como si nunca los hubiera notado.

Le di el gusto de ser yo quien comenzase.

—Vea, Olivera —le dije—. Si usted tiene mucho interés en mis herramientas, puede pedírmelas de día, y no venirlas a buscar de noche...   .

El golpe llegaba justo. Mi hombre me miró abriendo mucho los ojos, y se cogió con una mano del parral.

—¡Ah, no! —exclamó negando con la cabeza, indignado—. ¡Usted sabés muito bien que yo no robo para vocé! ¡Ah, no! ¡Nao puede vocé decir eso!

—Pero el caso es —insistí— que usted estaba anoche metido en el taller.

—¡Y sí!... ¡Y si usted me ves en alguna parte... vocé que es muito hombre... sabe bien vocé que yo no me bajo para tu robo!

Y sacudió el parral, murmurando:

—¡Barbaridade!

—Bueno, dejemos —concluí—. Pero no quiero visitas de ninguna especie de noche. En su casa haga lo que quiera; aquí, no.

Olivera quedó un rato todavía sacudiendo la cabeza. Después se encogió de hombros y fue a tomar la carretilla, pues en esos momentos nos ocupábamos en un movimiento de tierra.

No habían pasado cinco minutos, cuando me llamó. Se había sentado en los brazos de la carretilla cargada, y al llegar junto a él dio un gran puñetazo en la tierra, semiserio:

—¿Y cómo que vocé me prova que yo vine para a minina? ¡Vamos a ver!

—No tengo nada que probar —le dije—. Lo que sé es que si usted no hubiera corrido tan ligero anoche, no charlaría tanto ahora en lugar de dormirse con la carretilla.

Me fui; pero ya Olivera había recobrado su buen humor.

—¡Ah, esto sí! —exclamó con una carcajada, levantándose a trabajar—. ¡Diavo con o patrón!... ¡Pim! ¡Pam! ¡Pum!... ¡Barbaridade de revólver!...

Y alejándose con la carretilla cargada:

—¡Macanudo, vocé!

Para concluir con esta historia: esa misma tarde Olivera se detuvo a mi lado al irse.

—Y vocé, entao... —me guiñó—. Para usted te digo, que sos o bon patrón do Olivera... A Cirila... ¡Dale, no más!... ¡E muito bonitinha!

El muchacho no era egoísta, como se ve.

Pero la Cirila no estaba ya a gusto en casa. No hay, por lo demás, ejemplo allá de una sirvienta de la cual se haya estado jamás seguro. Por *a* o por *b*, sin motivo alguno, un buen día quieren irse. Es un deseo fulminante e irresistible. Como decía una vieja señora: "Les viene como la necesidad de hacer pichí; no hay espera posible."

Nuestra muchacha también se fue; pero no al día siguiente de pensarlo, como hubiera sido su deseo, porque esa misma noche fue mordida por una víbora.

Esta víbora era hija de un animalito cuya piel de muda hallé entre dos troncos en el mismo bananal de casa, al llegar allá, cuatro años antes. La yarará iba seguramente de pasada, porque nunca la encontré; pero sí vi con sobrada frecuencia a ejemplares de su cría que dejó en los alrededores, en forma de siete viborillas que maté en casa, y todas ellas en circunstancias poco tranquilizadoras.

Tres veranos consecutivos duró la matanza. El primer año tenían 35 centímetros; el tercero alcanzaban a 70. La madre, a juzgar por el pellejo, debía de ser un ejemplar magnífico.

La sirvienta, que iba con frecuencia a San Ignacio, había visto un día a la víbora cruzada en el sendero. Muy gruesa —decía ella— y con la cabeza chiquita.

Dos días después de esto, mi perra *fox-terrier*, rastreando a una perdiz de monte, en el mismo paraje, había sido mordida en el hocico. Muerta, en diecisiete minutos.

La noche del caso de Cirila, yo estaba en San Ignacio —a donde iba de vez en cuando—. Olivera llegó allí a la disparada a decirme que una víbora había picado a Cirila. Volamos a casa a caballo, y hallé a la muchacha sentada en el escalón del comedor, gimiendo con el pie cogido entre las manos.

En casa le habían ligado el tobillo, tratando en seguida de inyectar permanganato. Pero no es fácil darse cuenta de la resistencia que a la entrada de la aguja ofrece un talón convertido en piedra por el edema. Examiné la mordedura, en la base del tendón de Aquiles. Yo esperaba ver muy juntos los dos clásicos puntitos de los colmillos. Los dos agujeros aquellos, de que aún fluían babeando dos hilos de sangre, estaban a cuatro centímetros uno de otro; dos dedos de separación. La víbora, pues, debía de ser enorme.

Cirila se llevaba las manos del pie a la cabeza, y decía sentirse muy mal. Hice cuanto podía hacer: ensanche de la herida, presión, gran lavaje con permanganato, y alcohol a fuertes dosis.

Entonces no tenía suero; pero había intervenido en dos casos de mordedura de víbora con derroche de caña, y confiaba mucho en su eficacia.

Acostamos a la muchacha, y Olivera se encargó del alcohol. A la media hora la pierna era ya una cosa deforme, y Cirila —quiero creer que no estaba descontenta del tratamiento— no cabía en sí de dolor y de borrachera. Gritaba sin cesar:

—¡Me picó!... ¡Víbora negra! ¡Víbora maldita!... ¡Ay!... ¡No me hallo!... ¡Me picó víbora!... ¡No me hallo con esta picadura!

Olivera, de pie, con las manos en los bolsillos, miraba a la enferma y asentía a todo con la cabeza. De vez en cuando se volvía a mí, murmurando:

—¡E barbaride!...

Al día siguiente, a las cinco de la mañana, Cirila estaba fuera de peligro inmediato, aunque la hinchazón proseguía. Desde la madrugada Olivera se había mantenido a la vista del portoncito, ansioso de comunicar nuestro triunfo a cuantos pasaban:

—O patrón... ¡hay para ver! ¡Iste sí que es un home!... ¡Dale caña y pirganato! Aprendé para usted.

La viborita, sin embargo, era lo que me preocupaba, pues mis chicos cruzaban a menudo el sendero.

Después de almorzar fui a buscarla. Su guarida —digamos— consistía en una hondonada cercada de piedra, y cuyo espartillo diluviano llegaba hasta la cintura. Jamás había sido quemado.

Si era fácil hallarla buscándola bien, más fácil era pisarla. Y colmillos de dos centímetros de largo no halagan, aun con *stromboot*.

Como calor y viento norte, la siesta no podía ofrecer más. Llegué al lugar, y apartando las matas de espartillo una por una con el machete, comencé a buscar a la bestia.

Lo que se ve en el fondo, entre mata y mata de espartillo, es un pedacito de tierra sombría y seca. Nada más. Otro paso, otra inspección con el machete y otro pedacito de tierra durísima. Así poco a poco.

Pero la situación nerviosa, cuando se está seguro de que de un momento a otro se va a hallar al animal, no es desdeñable. Cada paso me acercaba más a ese instante, porque no tenía duda alguna de que el animal vivía allí; y con ese sol no había yarará capaz de salir a lucirse.

De repente, al apartar el espartillo, y sobre la punta de las botas, la vi. Sobre un fondo oscuro del tamaño de un plato, la vi pasar rozándome.

Ahora bien: no hay cosa más larga, más eternamente larga en la vida, que una víbora de un metro ochenta que va pasando por pedazos, diremos, pues yo no veía sino lo que me permitía el claro abierto con el machete.

Pero como placer, muy grande. Era una yararacusú —el más robusto ejemplar que yo haya visto, e incontestablemente la más hermosa de las yararás, que son a su vez las más bellas entre las víboras, a excepción de las de coral. Sobre su cuerpo, bien negro, pero un negro de terciopelo, se cruzan en ancho losange bandas de color oro. Negro y oro; ya se ve. Además, la más venenosa de todas las yararás.

La mía pasó, pasó y pasó. Cuando se detuvo, se veía aún el extremo de la cola. Volví la vista en la probable dirección de su cabeza, y la vi a mi costado, alta y mirándome fijo. Había hecho una curva, y estaba inmóvil, observando mi actitud.

Cierto es, la víbora no tenía deseos de combate, como jamás los tienen con el hombre. Pero yo los tenía, y muy fuertes. De modo que dejé caer el machete para dislocarle solamente el espinazo, a efectos de la conservación del ejemplar.

El machetazo fue de plano, y nada leve: como si nada hubiera pasado. El animal se tendió violentamente en una especie de espantada que la alejó medio metro, y quedó otra vez inmóvil a la expectativa, aunque esta vez con la cabeza más alta. Mirándome cuanto es posible figurarse. En campo limpio, ese duelo, un sí es no es psicológico, me hubiera entretenido un momento más; pero hundido en aquella maleza, no. En consecuencia, descargué por segunda vez el machete, esta vez de filo, para alcanzar las vértebras del cuello. Con la rapidez del rayo, la yararacusú se enroscó sobre la cabeza, ascendió en tirabuzón con relámpagos nacarados de su vientre, y tornó a caer, distendiéndose lentamente, muerta.

La llevé a casa; tenía un metro con ochenta y cinco centímetros muy bien contados. Olivera la conoció en seguida, por más que la especie no abunda en el sur de Misiones.

—¡Ah, ah!... ¡Yararacusú!... Ya me tenía pensado... ¡No Foz-do-Iguassú tengo matadas barbaridade!... ¡Bonitinha, a condenada!... ¡Para mi colección, que te va a gustar, patrón!

En cuanto a la enferma, al cabo de cuatro días caminaba, bien que mal. Al hecho de haber sido mordida en una región poco rica en vasos, y por una víbora que dos días antes había vaciado parcialmente sus glándulas en la *fox-terrier,* quiero atribuir la bondad del caso. Con todo, tuve un poco de sorpresa al extraer el veneno al animalito: vertió aún veintiún gotas por cada colmillo, casi dos gramos de veneno.

Olivera no manifestó el menor desagrado por la ida de la muchacha. La vio alejarse por el potrero con su atadito de ropa, renga aún.

—Es una buena minina —dijo señalándola con el mentón—. Algún día voyme a casar con ella.

—Bien hecho —le dije.

—¿Y entao?... Vocé no precisará más andar con o revólver, ¡pim!, ¡pam!

A pesar de los servicios prestados por Olivera a algún compañero sin plata, mi peón no gozaba de gran simpatía entre ellos. Un día lo mandé a buscar un barril al pueblo, para lo cual lo menos que se necesita es un caballo, si no el carrito. Olivera se encogió de hombros al observárselo y se fue a pie. El almacén a donde lo enviaba quedaba a una legua de casa, y debía atravesar las ruinas. En el mismo pueblo vieron a Olivera pasar de vuelta con el barril, en cuyos costados había clavado dos clavos, asegurando en ellos un doble alambre, a guisa de pértigo. Arrastraba el barril por el suelo, tirando tranquilo de él.

Una maniobra como ésta, y el andar a pie cuando se tiene caballo, desacreditan a un mensú.

A fines de febrero encomendé a Olivera el rozado total del monte, bajo el cual había plantado hierba. A los pocos días de comenzar vino a verme un albañil, un ciudadano alemán de Francfort, de color canceroso, y tan lento para hablar como para apartar los ojos una vez que los había fijado. Me pidió mercurio para descubrir un entierro.

La operación era sencillísima: en lugar presunto se excavaba un poco el suelo y se depositaba en el fondo el mercurio, envuelto en un pañuelo. Luego se rellenaba el hueco. Encima, a flor de tierra, se depositaba un pedazo de oro —la cadena del albañil, en esta circunstancia.

Si había allí efectivamente un entierro, la fuerza del tesoro atraía al oro, que era devorado entonces por el mercurio. Sin mercurio, nada que hacer.

Le di el mercurio, y el hombre se fue, aunque le costó bastante arrancar su mirada de la mía.

En Misiones, y en todo el norte ocupado antiguamente por los jesuitas, es artículo de fe la creencia de que los padres, antes de su fuga, enterraron monedas y otras cosas de valor. Raro es el habitante de la región que no haya tentado una vez desenterrar un tesoro, un *entierro,* como dicen allá. Muchas veces hay indicaciones precisas: un montón de piedras, allí donde no las hay; una vieja viga de lapacho en tal poco habitual postura; una columna de arenisca abandonada en el monte, etcétera, etcétera.

Olivera, que volvía del rozado a buscar una lima para el machete, fue espectador del incidente. Oyó con su sonrisita, y no dijo nada. Solamente cuando retornaba al yerbal volvió la cabeza para decirme:

—O alemán loco... ¡Aquí está o tesouro! ¡Aquí, no pulso! —y se apretaba la muñeca.

Por esto pocas sorpresas fueron más grandes que la mía la noche que Olivera entró bruscamente en el taller a invitarme a ir al monte.

—Esta noche —me dijo en voz baja— voy a sacar para mi entierro... Encontré uno *d'eles.*

Yo estaba ocupado en no recuerdo qué. Me interesaba mucho, sin embargo, saber qué misterioso vuelco de la fortuna había transformado en un creyente de entierros a un escéptico de aquella talla. Pero yo desconocía a mi Olivera. Me miraba sonriendo, los ojos muy abiertos en una luz casi provocativa de iluminado, probándome a su modo el afecto que sentía por mí:

—¡Pst!... Para os dois... Es una piedra blanca, la, no yerbal... Vamos a repartir.

¿Qué hacer con aquel tipo? El tesoro no me tentaba, pero sí los cacharros que pudiera hallar, cosa bastante frecuente. Le deseé, pues, buena suerte, pidiéndole solamente que si hallaba una linda tinaja, me la trajera sin romper. Me pidió mi Collins y se lo di. Con lo que se fue.

No obstante, el paseo tenía para mi gran seducción,

pues una luna de Misiones, penetrando en las tinieblas del monte, es el espectáculo más hermoso que sea posible ver. Estaba asimismo cansado de mi tarea, por lo que decidí acompañarlo un rato.

El *trabajado* de Olivera quedaba a 1.500 metros de casa, en la esquina sur del monte. Caminamos uno al lado del otro, yo silbando, él callado, aunque con los labios extendidos hacia la copa de los árboles, según su costumbre.

Al llegar a su sector de trabajo. Olivera se detuvo, prestando oído.

El yerbal —pasando súbitamente de la oscuridad del monte a aquel claro inundado de luz galvánica— daba la sensación de un páramo. Los troncos recién tumbados se duplicaban en negro en el suelo, por la violenta luz de costado. Las plantitas de hierba, duras de sombras en primer término, de un ceniza aterciopelado en el páramo abierto, se erguían inmóviles, brillantes de rocío.

—Entao... —me dijo Olivera—. Voy a ir solo.

Lo único que parecía preocuparle era algún posible ruido. Por lo demás, deseaba evidentemente estar solo. Con un "Hasta mañana, patrón", se internó cruzando el yerbal, de modo que lo vi largo rato saltar por encima de los árboles volteados.

Volví, retardando el paso en la picada. Después de un denso día de verano, cuando apenas seis horas atrás se ha sufrido de fotofobia por la luz enceguecedora, y se ha sentido la almohada más caliente en los costados que bajo la propia cabeza; a las diez de la noche de ese día, toda gloria es pequeña ante la frescura de una noche de Misiones.

Y esa noche, sobre todo, era extraordinaria, bajo una picada de monte muy alto, casi virgen. Todo el suelo, a lo largo de ella y hasta el límite de la vista, estaba cruzado al sesgo por rayos de blancura helada, tan viva que en las partes oscuras la tierra parecía faltar en negro abismo. Arriba, a los costados, sobre la arquitectura sombría del bosque, largos triángulos de luz descendían, tropezaban en un tronco, corrían hacia abajo en un reguero de plata. El monte altísimo y misterioso tenía una profundidad fantástica, calado de luz oblicua como catedral gótica. En la profundidad de ese ámbito rompía a ratos, como una campanada, el lamento convulsivo del urutaú.

Caminé aún un largo rato, sin decidirme a llegar a casa. Olivera, entretanto, debía de romperse las uñas contra las piedras. Que sea feliz —me dije.

Pues bien; es ésta la última vez que he visto a Olivera. No apareció ni a la mañana siguiente, ni a la otra, ni nunca más. Jamás he vuelto a saber una palabra de él. Pregunté en el pueblo. Nadie lo había visto, ni sabía nadie qué se había hecho de mi peón. Escribí al Foz-do-Iguassú, con igual resultado.

Esto aun más; Olivera, como lo he dicho, era formal como nadie en asuntos de dinero. Yo le debía sus días de semana. Si le hubieran entrado súbitos deseos de cambiar de aire esa misma noche, jamás lo hubiera hecho sin arreglar primero su cuenta.

¿Pero qué se hizo, entonces? ¿Qué tesoro puede haber encontrado? ¿Cómo no dejó rastro alguno en el Puerto Viejo, en Itacurubí, en la Balsa, dondequiera que se hubiese embarcado?

No lo sé aún, ni creo que lo sepa jamás. Pero hace tres años tuve una impresión muy desagradable, en el mismo yerbal que Olivera no concluyó de desmontar.

La sorpresa es ésta: como había abandonado un año entero la plantación, por razones que nada tienen que ver acá, el rebrote del monte había asfixiado las jóvenes hierbas. El peón que mandé allá volvió a decirme que por el precio convenido no estaba dispuesto a hacer nada; menos aun de lo que suelen hacer, por poco que el patrón no sepa él mismo lo que es un machete.

Aumenté el precio, cosa muy justa, y mis hombres comenzaron. Eran una pareja; uno tumbaba, el otro desgajaba. Durante tres días el viento sur me trajo, duplicado por el eco del bosque, el golpeteo incesante y lamentable del hacha. No había tregua, ni aun a mediodía. Acaso se turnaran. En caso contrario, el brazo y los riñones del que manejaba el hacha eran de primera fuerza.

Pero al concluir ese tercer día, el peón del machete, con quien había tratado, vino a decirme que recibiera el rozado, porque no quería trabajar más con su compañero.

—¿Por qué? —le pregunté extrañado.

No pude obtener nada concreto. Al fin me dijo que su compañero no trabajaba *solo.*

Entonces, recordando una leyenda al respecto, comprendí: Trabajaba en yunta con el diablo. Por eso no se cansaba nunca.

No objeté nada, y fui a recibir el trabajo. Apenas vi al societario infernal, lo conocí. Muchas veces había pasado a caballo por casa, y siempre había admirado, para ser él un simple peón, el lujo de su indumentaria y la de su caballo. Además, muy buen mozo, y una lacia melena aceitada de compadre del sur. Llevaba siempre el caballo al paso. Jamás se dignó mirarme al pasar.

En aquella ocasión lo vi de cerca. Como trabajaba sin camisa, comprendí fácilmente que con aquel torso de atleta, en poder de un muchacho sobrio, serio y magníficamente entrenado, se podían hacer prodigios. Melena, nuca pelada, paso provocativo de caballo y demás, todo desaparecía allí en el monte ante aquel muchacho sudoroso y de sonrisa infantil.

Tal era, en su ambiente, el hombre que trabajaba con el diablo.

Se puso la camisa, y con él recorrí el trabajo. Como él *solo* concluiría en adelante de desmontar el yerbal, lo recorrimos en su totalidad. El sol acababa de entrar, y hacia bastante frío; el frío de Misiones que cae junto con el termómetro y la tarde. El extremo suroeste del bosque, lindante con el campo, nos detuvo un momento, pues no sabía yo hasta dónde valía la pena limpiar esa media hectárea en que casi todas las plantas de hierba habían muerto.

Eché una ojeada al volumen de los troncos, y más arriba, al ramaje. Allá arriba, en la última horqueta de un incienso, vi entonces algo muy raro: dos cosas negras, largas. Algo como nido de boyero. Sobre el cielo se destacaban muy bien.

—¿Y eso?... —señalé al muchacho.

El hombre miró un rato, y recorrió luego con la vista toda la extensión del tronco.

—Botas —me dijo.

Tuve una sacudida, y me acordé instantáneamente de Olivera. ¿Botas?... Sí. Estaban sujetas al revés, el pie para arriba, y enclavadas por la suela en la horqueta. Abajo, donde quedaban abiertas las cañas de las botas, faltaba el hombre; nada más.

No sé qué color tendrían a plena luz; pero a aquella hora, vistas desde la profundidad del monte, recortadas inmóviles sobre el cielo lívido, eran negras.

Pasamos un buen rato mirando el árbol de arriba a abajo y de abajo a arriba.

—¿Se puede subir? —pregunté de nuevo a mi hombre.

Pasó un rato.

—No da... —respondió el peón.

Hubo un momento en que había dado, sin embargo, y

esto es cuando el hombre subió. Porque no es posible admitir que las botas estuvieran allá arriba porque sí. Lo lógico, lo único capaz de explicarlo, es que un hombre que *calzaba botas* ha subido a observar, a buscar una colmena, a cualquier cosa. Sin darse cuenta, ha apoyado demasiado los pies en la horqueta; y de pronto, por lo que no se sabe, ha caído para atrás, golpeando la nuca contra el tronco del árbol. El hombre ha muerto en seguida, o ha vuelto en sí luego, pero sin fuerzas para recogerse hasta la horqueta y desprender sus botas. Al fin —tal vez en más tiempo del que uno cree— ha concluido por quedar quieto, bien muerto. El hombre se ha descompuesto luego, y poco a poco las botas se han ido vaciando, hasta quedar huecas del todo.

Ahí estaban siempre, bien juntas, heladas como yo en el crepúsculo de invierno.

No hemos hallado el menor rastro del hombre al pie del árbol; esto va de sí.

No creo, sin embargo, que aquello hubiera formado parte de mi viejo peón. No era un trepador él, y menos de noche. ¿Quién trepó, entonces?

No sé. Pero a veces, aquí en Buenos Aires, cuando al golpe de un día de viento norte, siento el hormigueo de los dedos buscando el machete, pienso entonces que un día u otro voy a encontrar inesperadamente a Olivera; que voy a tropezar con él, aquí, y que me va a poner sonriendo la mano en el hombro:

—¡Oh patrón velho!... ¡Tenemos trabajado lindo con vocé, la no Misiones!

Más allá

Yo estaba desesperada —dijo la voz—. Mis padres se oponían rotundamente a que tuviera amores con él, y habían llegado a ser muy crueles conmigo. Los últimos días no me dejaban ni asomarme a la puerta. Antes, lo veía siquiera un instante parado en la esquina, aguardándome desde la mañana. ¡Después, ni siquiera eso!

Yo le había dicho a mamá la semana antes:

—¿Pero qué le hallan tú y papá, por Dios, para torturarnos así? ¿Tienen algo que decir de él? ¿Por qué se han opuesto ustedes, como si fuera indigno de pisar esta casa, a que me visite?

Mamá, sin responderme, me hizo salir. Papá, que entraba en ese momento, me detuvo del brazo, y enterado por mamá de lo que yo había dicho, me empujó del hombro afuera, lanzándome de atrás:

—Tu madre se equivoca; lo que ha querido decir es que ella y yo —¿lo oyes bien?— preferimos verte muerta antes que en los brazos de ese hombre. Y ni una palabra más sobre esto.

Esto dijo papá.

—Muy bien —le respondí volviéndome, más pálida, creo, que el mantel mismo— nunca más les volveré a hablar de él.

Y entré en mi cuarto despacio y profundamente asom-

brada de sentirme caminar y de ver lo que veía, porque
en ese instante había decidido morir.

¡Morir! ¡Descansar en la muerte de ese infierno de todos, sabiendo que él estaba a dos pasos esperando verme
y sufriendo más que yo! Porque papá jamás consentiría
en que me casara con Luis. ¿Qué le hallaba?, me pregunto todavía. ¿Qué era pobre? Nosotros lo éramos tanto
como él.

¡Oh! La terquedad de papá yo la conocía, como la había conocido mamá. —Muerta mil veces— decía él, antes
que darla a ese hombre.

Pero él, papá, ¿qué me daba en cambio, si no era la
desgracia de amar con todo mi ser sabiéndome amada, y
condenarme a no asomarme siquiera a la puerta para verlo
un instante?

Morir era preferible, sí, morir juntos.

Yo sabía que él era capaz de matarse; pero yo, que
sola no hallaba fuerzas para cumplir mi destino, sentía
que una vez a su lado preferiría mil veces la muerte juntos, a la desesperación de no volverlo a ver más.

Le escribí una carta, dispuesta a todo. Una semana
después nos hallábamos en el sitio convenido y ocupábamos una pieza del mismo hotel.

No puedo decir que me sentía orgullosa de lo que iba a
hacer, ni tampoco feliz de morir. Era algo más fatal, más
frenético, más sin remisión, como si desde el fondo del pasado mis abuelos, mis bisabuelos, mi infancia misma, mi
primera comunión, mis ensueños, como si todo esto no
hubiera tenido otra finalidad que impulsarme al suicidio.

No nos sentíamos felices, vuelvo a repetirlo, de morir.
Abandonábamos la vida porque ella nos había abandonado ya, al impedirnos ser el uno del otro. En el primero,
puro y último abrazo que nos dimos sobre el lecho, vesti-
dos y calzados como al llegar, comprendí, mareada de

dicha entre sus brazos, cuán grande hubiera sido mi felicidad de haber llegado a ser su novia, su esposa.

A un tiempo tomamos el veneno. En el brevísimo espacio de tiempo que media entre el recibir de su mano el
vaso y llevarlo a la boca, aquellas mismas fuerzas de los
abuelos que me precipitaban a morir, se asomaron de
golpe al borde de mi destino, a contenerme... ¡tarde ya!
Bruscamente, todos los ruidos de la calle, de la ciudad
misma, cesaron. Retrocedieron vertiginosamente ante mí,
dejando en su hueco un sitio enorme, como si hasta ese
instante el ámbito hubiera estado lleno de mil gritos co-
nocidos.

Permanecí dos segundos más inmóvil, con los ojos
abiertos. Y de pronto me estreché convulsivamente a él,
libre por fin de mi espantosa soledad.

¡Sí, estaba con él; e íbamos a morir dentro de un instante!

El veneno era atroz, y Luis inició el primer paso que
nos llevaba juntos y abrazados a la tumba.

—Perdóname —me dijo oprimiéndome todavía la cabeza contra su cuello—. Te amo tanto, que te llevo conmigo.

—Y yo te amo —le respondí— y muero contigo.

No pude hablar más. ¿Pero qué ruido de pasos, qué
voces venían del corredor a contemplar nuestra agonía?
¿Qué golpes frenéticos resonaban en la puerta misma?

—Me han seguido y nos vienen a separar... —murmuré aún—. Pero yo soy toda tuya.

Al concluir, me di cuenta de que yo había pronunciado
esas palabras mentalmente, pues en ese momento perdía el
conocimiento.

Cuando volví en mí tuve la impresión de que iba a
caer si no buscaba dónde apoyarme. Me sentía leve y tan
descansada, que hasta la dulzura de abrir los ojos me fue

sensible. Yo estaba de pie, en el mismo cuarto del hotel, recostada casi a la pared del fondo. Y allá, junto a la cama, estaba mi madre desesperada.

¿Me habían salvado, pues? Volví la vista a todos lados, y junto al velador, de pie como yo, lo vi a él, a Luis, que acababa de distinguirme a su vez y venía sonriendo a mi encuentro. Fuimos rectamente uno hacia el otro, a pesar de la gran cantidad de personas que rodeaban el lecho, y nada nos dijimos, pues nuestros ojos expresaban toda la felicidad de habernos encontrado.

Al verlo, diáfano y visible a través de todo y de todos, acababa de comprender que yo estaba como él —muerta.

Habíamos muerto, a pesar de mi temor de ser salvada cuando perdí el conocimiento.

Habíamos perdido algo más, por dicha... Y allí, en la cama, mi madre desesperada me sacudía a gritos, mientras el mozo del hotel apartaba de mi cabeza los brazos de mi amado.

Alejados al fondo, con las manos unidas, Luis y yo veíamoslo todo en una perspectiva nítida, pero remotamente fría y sin pasión. A tres pasos, sin duda, estábamos nosotros, muertos por suicidio, rodeados por la desolación de mis parientes, del dueño del hotel y por el vaivén de los policías. ¿Qué nos importaba eso?

—¡Amada mía...! —me decía Luis—. ¡A qué poco precio hemos comprado la felicidad de ahora!

—Y yo —le respondí— te amaré siempre como te amé antes. Y no nos separaremos más, ¿verdad?

—¡Oh, no...! Ya lo hemos probado.

—¿E irás todas las noches a visitarme?

Mientras cambiábamos así nuestras promesas oíamos los alaridos de mamá que debían ser violentos, pero que nos llegaban con una sonoridad inerte y sin eco, como si no pudieran traspasar en más de un metro el ambiente que rodeaba a mamá.

Volvimos de nuevo la vista a la agitación de la pieza.

Llevaban por fin nuestros cadáveres, y debía de haber transcurrido un largo tiempo desde nuestra muerte, pues pudimos notar que tanto Luis como yo teníamos ya las articulaciones muy duras y los dedos muy rígidos.

Nuestros cadáveres... ¿Dónde pasaba eso? ¿En verdad había algo de nuestra vida, nuestra ternura, en aquellos pesadísimos cuerpos que bajaban por las escaleras, amenazando hacer rodar a todos con ellos?

¡Muertos! ¡Qué absurdo! Lo que había vivido en nosotros, más fuerte que la vida misma, continuaba viviendo con todas las esperanzas de un eterno amor.

Antes... no había podido asomarme siquiera a la puerta para verlo; ahora hablaría regularmente con él, pues iría a casa como novio mío.

—¿Desde cuándo irás a visitarme? —le pregunté.

—Mañana —repuso él—. Dejemos pasar hoy.

—¿Por qué mañana? —pregunté angustiada—. ¿No es lo mismo hoy? ¡Ven esta noche, Luis!

¡Tengo tantos deseos de estar contigo en la sala!

—¡Y yo! ¿A las nueve, entonces?

—Sí. Hasta luego, amor mío...

Y nos separamos. Volví a casa lentamente, feliz y desahogada como si regresara de la primera cita de amor que se repetiría esa noche.

A las nueve en punto corrí a la puerta de la calle y recibí yo misma a mi novio. ¡Él, en casa, de visita!

—¿Sabes que la sala está llena de gente? —le dije —. Pero no nos incomodarán...

—Claro que no... ¿Estás tú allí?

—Sí.

—¿Muy desfigurada?

—No mucho, ¿creerás...? ¡Ven, vamos a ver!

Entramos en la sala. A pesar de la lividez de mis sienes, de las aletas de la nariz muy tensas y las ventanillas muy negras, mi rostro era casi el mismo que Luis esperaba ver durante horas y horas desde la esquina.

—Estás muy parecida —dijo él.

—¿Verdad? —le respondí yo, contenta. Y nos olvidamos de tcdo, arrullándonos.

Por ratos, sin embargo, suspendíamos nuestra conversación y mirábamos con curiosidad el entrar y salir de la gente. En uno de esos momentos llamé la atención de Luis.

—¡Mira! —le dije—. ¿Qué pasará?

En efecto, la agitación de la gente, muy viva desde unos minutos antes se acentuaba con la entrada en la sala de un nuevo ataúd. Nuevas personas, no vistas aún allí, lo acompañaban.

—Soy yo —dijo Luis con ligera sorpresa—. Vienen también mis hermanas...

—¡Mira Luis! —observé yo—. Ponen nuestros cadáveres en el mismo cajón... Como, estábamos al morir.

—Como debíamos estar siempre —agregó él—. Y fijando los ojos por largo rato en el rostro excavado de dolor de sus hermanas:

—Pobres chicas... —murmuró con grave ternura. Yo me estreché a él, ganada a mi vez por el homenaje tardío, pero sangriento de expiación, que venciendo quién sabe qué dificultades, nos hacían mis padres enterrándonos juntos.

Enterrándonos... ¡Qué locura! Los amantes que se han suicidado sobre una cama de hotel, puros de cuerpo y alma, viven siempre. Nada nos ligaba a aquellos dos fríos y duros cuerpos, ya sin nombre, en que la vida se había roto de dolor. Y a pesar de todo, sin embargo, nos habían sido demasiado queridos en otra existencia para que

no depusiéramos una larga mirada llena de recuerdos
sobre aquellos dos cadavéricos fantasmas de un amor.
—También ellos —dijo mi amado— estarán eternamente
juntos.
—Pero yo estoy contigo —murmuré, alzando a él mis
ojos, feliz.
Y nos olvidamos otra vez de todo.
Durante tres meses —prosiguió la voz— viví en plena
dicha. Mi novio me visitaba dos veces por semana. Llegaba a las nueve en punto, sin que una sola noche se hubiera retrasado un solo segundo, y sin que una sola vez
hubiera yo dejado de ir a recibirlo a la puerta. Para retirarse no siempre observaba mi novio igual puntualidad.
Las once y media y aun las doce sonaron a veces, sin que
él se decidiera a soltarme las manos, y sin que lograra yo
arrancar mi mirada de la suya. Se iba por fin, y yo quedaba dichosamente rendida, paseándome por la sala con la
cara apoyada en la palma de la mano.
    Durante el día acortaba las horas pensando en él. Iba
y venía de un cuarto a otro, asistiendo sin interés alguno
al movimiento de mi familia, aunque alguna vez me detu-
ve en la puerta del comedor a contemplar el hosco dolor
de mamá, que rompía a veces en desesperados sollozos
ante el sitio vacío de la mesa donde se había sentado su
hija menor.
    Yo vivía —sobrevivía—, le he repetido, por el amor y
para el amor. Fuera de él, de mi amado, de su presencia,
de su recuerdo, todo actuaba para mí en un mundo aparte.
Y aun encontrándome inmediata a mi familia, entre ella
y yo se abría un abismo invisible y transparente, que nos
separaba mil leguas.
    Salíamos también de noche, Luis y yo, como novios
oficiales que éramos. No existe paseo que no hayamos
recorrido juntos, ni crepúsculo en que no hayamos desli-

zado nuestro idilio. De noche, cuando había luna y la temperatura era dulce, gustábamos de extender nuestros paseos hasta las afueras de la ciudad, donde nos sentíamos más libres, más puros y más amantes.

Una de esas noches, como si nuestros paseos nos hubieran llevado a la vista del cementerio, sentimos curiosidad de ver el sitio en que yacía bajo tierra lo que habíamos sido. Entramos en el vasto recinto y nos detuvimos ante un trozo de tierra sombría, donde brillaba una lápida de mármol. Ostentaba nuestros dos solos nombres, y debajo la fecha de nuestra muerte; nada más.

—Como recuerdo de nosotros —observó Luis— no puede ser más breve. Así y todo —añadió después de una pausa—, encierra más lágrimas y remordimientos que muchos largos epitafios.

Dijo, y quedamos otra vez callados.

Acaso en aquel sitio y a aquella hora, para quien nos observara hubiéramos dado la impresión de ser fuegos fatuos. Pero mi novio y yo sabíamos bien que lo fatuo y sin redención eran aquellos dos espectros de un doble suicidio encerrados a nuestros pies, y la realidad, la vida depurada de errores, elevábase pura y sublimada en nosotros como dos llamas de un mismo amor.

Nos alejamos de allí, dichosos y sin recuerdos, a pasear por la carretera blanca nuestra felicidad, sin nubes.

Ellos llegaron, sin embargo. Aislados del mundo y de toda impresión extraña, sin otro pensamiento que vernos para volvernos a ver, nuestro amor ascendía, no diré sobrenaturalmente, pero sí con la pasión en que debió abrasarnos nuestro noviazgo, de haberlo conseguido en la otra vida. Comenzamos a sentir ambos una melancolía muy dulce cuando estábamos juntos, y muy tristes cuando nos hallábamos separados. He olvidado decir que

mi novio me visitaba entonces todas las noches; pero pa-
sábamos casi todo el tiempo sin hablar, como si ya nuestras frases de cariño no tuvieran valor alguno para ex-
presar lo que sentíamos. Cada vez se retiraba él más tarde, cuando ya en casa todos dormían, y cada vez al irse,
acortábamos más la despedida.

Salíamos y retornábamos mudos, porque yo sabía bien
que lo que él pudiera decirme no respondía a su pensamiento, y él estaba seguro de que yo le contestaría cualquier cosa, para evitar mirarlo.

Una noche en que nuestro desasosiego había llegado
a un límite angustioso, Luis se despidió de mí más tarde
que de costumbre. Y al tenderme sus dos manos, y entre-
garle yo las mías heladas, leí en sus ojos, con una trans-
parencia intolerable, lo que pasaba por nosotros. Me puse
pálida como la muerte misma, y como sus manos no sol-
taran las mías:

—¡Luis! —murmuré espantada, sintiendo que mi vida
incorpórea buscaba desesperadamente apoyo, como en
otra circunstancia. Él comprendió lo horrible de nuestra
situación, porque soltándome las manos, con su valor que
ahora me doy cuenta, sus ojos recobraron la clara ternura de otras veces.

—¡Hasta mañana, amor...! —murmuré yo, palidecien-
do todavía más al decir esto.

Porque en ese instante, acababa de comprender que
no podría pronunciar esa palabra nunca más.

Luis volvió a la noche siguiente; salimos juntos, hablamos, hablamos como nunca antes lo habíamos hecho, y
como lo hicimos en las noches subsiguientes. Todo en
vano: no podíamos mirarnos ya. Nos despedíamos bre-
vemente, sin darnos la mano, alejados a un metro uno
del otro.

¡Ah! Preferible era...

La última noche, mi novio cayó de pronto ante mí y apoyó su cabeza en mis rodillas.

—Mi amor... —murmuró.

—¡Cállate! —le dije yo.

—Amor mío... —recomenzó él.

—¡Luis! ¡Cállate! —lancé yo aterrada—. Si repites eso otra vez...

Su cabeza se alzó, y nuestros ojos de espectros —¡es horrible decir esto!— se encontraron por primera vez desde muchos días atrás.

—¿Qué? —preguntó Luis—. ¿Qué pasa si repito?

—Tú lo sabes bien —respondí yo.

—¡ Dímelo!

—¡Lo sabes! ¡Me muero...!

Durante quince segundos nuestras miradas quedaron ligadas con tremenda fijeza. En ese tiempo, pasaron por ellas, corriendo como por el hilo del destino, infinitas historias de amor truncas, reanudadas, rotas, redivivas, vencidas y hundidas finalmente en el pavor de lo imposible.

—Me muero... —torné a murmurar—, respondiendo con ello a su mirada. Él lo comprendió también, pues hundiendo de nuevo la frente en mis rodillas, alzó la voz al largo rato.

—No nos queda sino una cosa que hacer... —dijo.

—Eso pienso —repuse yo.

—¿Me comprendes? – insistió Luis.

—Sí, te comprendo —contesté, deponiendo sobre su cabeza mis manos para que me dejara incorporarme. Y sin volvernos a mirar nos encaminamos al cementerio.

—¡Ah! ¡No se juega al amor, a los novios, cuando se quemó en un suicidio la boca que podía besar! ¡No se juega a la vida, a la pasión sollozante, cuando desde el fondo de un ataúd dos espectros sustanciales nos piden cuenta de nuestro remedo y nuestra falsedad!

¡Amor! ¡ Palabra ya impronunciable si se la trocó por una copa de cianuro, al goce de morir! ¡Sustancial del ideal, sensación de la dicha, y que solamente es posible recordar y llorar, cuando lo que se posee bajo los labios y se estrecha en los brazos no es más que el espectro de un amor!

Ese beso nos cuesta la vida —concluye la voz—, y lo sabemos. Cuando se ha muerto una vez de amor, se debe morir de nuevo. Hace un rato, al recogerme Luis así, hubiera dado el alma por poder ser besada. Dentro de un instante me besará, y lo que en nosotros fue sublime e insostenible niebla de ficción, descenderá, se desvanecerá al contacto sustancial y siempre fiel de nuestros restos mortales.

Ignoro lo que nos espera más allá. Pero si nuestro amor fue un día capaz de elevarse sobre nuestros cuerpos envenenados, y logró vivir tres meses en la alucinación de un idilio, tal vez ellos, urna primitiva y esencial de ese amor, hayan resistido a las contingencias vulgares, y nos aguarden.

De pie sobre la lápida, Luis y yo nos miramos larga y libremente ya. Sus brazos ciñen mi cintura, su boca busca mi boca, y yo le entrego la mía con una pasión tal, que me desvanezco...

El hijo

Es un poderoso día de verano en Misiones, con todo el sol, el calor y la calma que puede deparar la estación. La naturaleza, plenamente abierta, se siente satisfecha de sí.

Como el sol, el calor y la calma ambiente, el padre abre también su corazón a la naturaleza.

—Ten cuidado, chiquito —dice a su hijo abreviando en esa frase todas las observaciones del caso y que su hijo comprende perfectamente.

—Sí, papá —responde la criatura mientras coge la escopeta y carga de cartuchos los bolsillos de su camisa, que cierra con cuidado.

—Vuelve a la hora de almorzar —observa aún el padre.

—Sí, papá —repite el chico.

Equilibra la escopeta en la mano, sonríe a su padre, lo besa en la cabeza y parte.

Su padre lo sigue un rato con los ojos y vuelve a su quehacer de ese día, feliz con la alegría de su pequeño.

Sabe que su hijo, educado desde su más tierna infancia en el hábito y la precaución del peligro, puede manejar un fusil y cazar no importa qué. Aunque es muy alto para su edad, no tiene sino trece años. Y parecería tener menos, a juzgar por la pureza de sus ojos azules, frescos aún de sorpresa infantil.

No necesita el padre levantar los ojos de su quehacer para seguir con la mente la marcha de su hijo. Ha cruzado la picada roja y se encamina rectamente al monte a través del abra de espartillo.

Para cazar en el monte —caza de pelo— se requiere más paciencia de la que su cachorro puede rendir. Después de atravesar esa isla de monte, su hijo costeará la linde de cactus hasta el bañado, en procura de palomas, tucanes o tal cual casal de garzas, como las que su amigo Juan ha descubierto días anteriores.

Solo ahora, el padre esboza una sonrisa al recuerdo de la pasión cinegética de las dos criaturas. Cazan sólo a veces un yacútoro, un surucuá —menos aún— y regresan triunfales, Juan a su rancho con el fusil de nueve milímetros que él le ha regalado, y su hijo a la meseta con la gran escopeta Saint-Etienne, calibre 16, cuádruple cierre y pólvora blanca.

Él fue lo mismo. A los trece años hubiera dado la vida por poseer una escopeta. Su hijo, de aquella edad, la posee ahora —y el padre sonríe.

No es fácil, sin embargo, para un padre viudo, sin otra esperanza que la vida de su hijo, educarlo como lo han hecho con él, libre en su corto radio de acción, seguro de sus pequeños pies y manos desde que tenía cuatro años, consciente de la inmensidad de ciertos peligros y de la escasez de sus propias fuerzas.

Ese padre ha debido luchar fuertemente contra lo que él considera su egoísmo. ¡Tan fácilmente una criatura calcula mal, sienta un pie en el vacío y se pierde un hijo!

El peligro subsiste siempre para el hombre en cualquier edad; pero su amenaza amengua si desde pequeño se acostumbra a no contar sino con sus propias fuerzas.

De este modo ha educado el padre a su hijo. Y para conseguirlo ha debido resistir no sólo a su corazón, sino a sus tormentos morales; porque ese padre, de estómago y vista débiles, sufre desde hace un tiempo de alucinaciones.

Ha visto, concretados en dolorosísima ilusión, recuerdos de una felicidad que no debía surgir más de la nada en que se recluyó. La imagen de su propio hijo no ha escapado a este tormento. Lo ha visto una vez rodar envuelto en sangre cuando el chico percutía en la morsa del taller una bala de *parabellum,* siendo así que lo que hacía era limar la hebilla de su cinturón de caza.

Horribles cosas... Pero hoy, con el ardiente y vital día de verano, cuyo amor su hijo parece haber heredado, el padre se siente feliz, tranquilo y seguro del porvenir.

En ese instante, no muy lejos, suena un estampido.

—La Saint-Etienne... —piensa el padre al reconocer la detonación. Dos palomas de menos en el monte...

Sin prestar más atención al nimio acontecimiento, el hombre se abstrae de nuevo en su tarea.

El sol, ya alto, continúa ascendiendo. Adonde quiera que se mire — piedras, tierra, árboles—, el aire, enrarecido como en un horno, vibra con el calor. Un profundo zumbido que llena el ser entero e impregna el ámbito hasta donde la vista alcanza, concentra a esa hora toda la vida tropical.

El padre echa una ojeada a su muñeca: las doce. Y levanta los ojos al monte.

Su hijo debía estar ya de vuelta. En la mutua confianza que depositan el uno en el otro —el padre de sienes plateadas y la criatura de trece años—, no se engañan jamás. Cuando su hijo responde:

—Sí, papá, haré lo que dice. Dijo que volvería antes de las doce, y el padre ha sonreído al verlo partir.

Y no ha vuelto.

El hombre torna a su quehacer, esforzándose en concentrar la atención en su tarea. ¡Es tan fácil, tan fácil perder la noción de la hora dentro del monte, y sentarse un rato en el suelo mientras se descansa inmóvil...!

El tiempo ha pasado: son las doce y media. El padre sale de su taller, y al apoyar la mano en el banco de mecánica sube del fondo de su memoria el estallido de una bala de *parabellum*, e instantáneamente, por primera vez en las tres horas transcurridas, piensa que tras el estampido de la Saint-Etienne no ha oído nada más. No ha oído rodar el pedregullo bajo un paso conocido. Su hijo no ha vuelto, y la naturaleza se halla detenida a la vera del bosque, esperándolo...

¡Oh! No son suficientes un carácter templado y una ciega confianza en la educación de un hijo para ahuyentar el espectro de la fatalidad que un padre de vista enferma ve alzarse desde la línea del monte. Distracción, olvido, demora fortuita: ninguno de estos nimios motivos que pueden retardar la llegada de su hijo, hallan cabida en aquel corazón.

Un tiro, un solo tiro ha sonado, y hace ya mucho. Tras él el padre no ha oído un ruido, no ha visto un pájaro, no ha cruzado el abra una sola persona a anunciarle que al cruzar un alambrado, una gran desgracia...

La cabeza al aire y sin machete, el padre va. Corta el abra de espartillo, entra en el monte, costea la línea de cactus sin hallar el menor rastro de su hijo.

Pero la naturaleza prosigue detenida. Y cuando el padre ha recorrido las sendas de caza conocidas y ha explorado el bañado en vano, adquiere la seguridad de que cada paso que da en adelante lo lleva, fatal e inexorablemente, al cadáver de su hijo.

Ni un reproche que hacerse, es lamentable. Sólo la realidad fría, terrible y consumada: Ha muerto su hijo al cruzar un...

¡Pero, dónde, en qué parte! ¡Hay tantos alambrados allí, y es tan, tan sucio el monte...! ¡Oh, muy sucio...! Por poco que no se tenga cuidado al cruzar los hilos con la escopeta en la mano... El padre sofoca un grito. Ha visto en el aire... ¡Oh, no es su hijo, no...! Y vuelve a otro lado, y a otro y a otro... Nada se ganaría con ver el color de su tez y la angustia de sus ojos. Ese hombre aún no ha llamado a su hijo. Aunque su corazón clama por él a gritos, su boca continúa muda. Sabe bien que el solo acto de pronunciar su nombre, de llamarlo en voz alta, será la confesión de su muerte.

—¡Chiquito! —se le escapa de pronto. Y si la voz de un hombre de carácter es capaz de llorar, tapémonos de misericordia los oídos ante la angustia que clama en aquella voz.

Nadie ni nada ha respondido. Por las picadas rojas de sol, envejecido en diez años, va el padre buscando a su hijo que acaba de morir.

—¡Hijito mío...! ¡Chiquito mío...! —clama en un diminutivo que se alza del fondo de sus entrañas.

Ya antes, en plena dicha y paz, ese padre ha sufrido la alucinación de su hijo rodando con la frente abierta por una bala al cromo níquel. Ahora, en cada rincón sombrío del bosque ve centelleos de alambre; y al pie de un poste, con la escopeta descargada al lado, ve a su...

—¡Chiquito...! ¡Mi hijo...!

Las fuerzas que permiten entregar un pobre padre alucinado a la más atroz pesadilla tienen también un límite. Y el nuestro siente que las suyas se le escapan, cuando ve bruscamente desembocar de un pique lateral a su hijo.

A un chico de trece años bástale ver desde 50 metros la expresión de su padre sin machete dentro del monte, para apresurar el paso con los ojos húmedos.

—Chiquito... —murmura el hombre. Y, exhausto, se deja caer sentado en la arena albeante, rodeando con los brazos las piernas de su hijo.

La criatura, así ceñida, queda de pie; y como comprende el dolor de su padre, le acaricia despacio la cabeza:

—Pobre papá...

En fin, el tiempo ha pasado. Ya van a ser las tres. Juntos, ahora, padre e hijo emprenden el regreso a la casa.

—¿Cómo no te fijaste en el sol para saber la hora...? —murmura aún el primero.

—Me fijé, papá... pero cuando iba a volver vi las garzas de Juan y las seguí...

—¡Lo que me has hecho pasar chiquito!

Después de un largo silencio:

—Y las garzas, ¿las mataste? —pregunta el padre.

—No.

Nimio detalle, después de todo. Bajo el cielo y el aire candentes, a la descubierta por el abra de espartillo, el hombre vuelve a casa con su hijo, sobre cuyos hombros, casi del alto de los suyos, lleva pasado su feliz brazo de padre. Regresa empapado de sudor, y aunque quebrantado de cuerpo y alma, sonríe de felicidad...

Sonríe de alucinada felicidad... Pues ese padre va solo. A nadie ha encontrado, y su brazo se apoya en el vacío. Porque tras él, al pie de un poste y con las piernas en alto, enredadas en el alambre de púa, su hijo bien amado yace al sol, muerto desde las diez de la mañana.

ÍNDICE

GZ
EDITORES
DEPARTAMENTO EDITORIAL
Tel/fax 5218-6517
gzeditores@sicex.com.ar
Marzo de 2005